화장 예찬

평사리 클래식 003

화장 예찬

초판 1쇄 펴냄 2014년 5월 15일

지은이 샤를르 보들레르
옮긴이 도윤정
발행인 홍석근
편 집 김동관, 김슬지, 이승희
펴낸곳 평사리 Common Life Books
신고번호 313-2004-172 (2004. 7. 1)
주 소 (121-896) 서울시 마포구 월드컵로 74(서교동, 원천빌딩) 6층
전 화 (02) 706-1970 팩 스 (02) 706-1971
www.commonlifebooks.com

ISBN 978-89-92241-55-7 (04850)
ISBN 978-89-92241-00-7 (세트)

* 잘못된 책은 바꿔드립니다.
* 가격은 표지에 있습니다.

평사리
클래식
003

화장 예찬

현대 생활의 화가
Le Peintre de la vie moderne

웃음의 본질에 관해, 그리고 조형예술 속의 보편적 희극성에 관해
De l'Essence du rire et généralement du comique dans les arts plastiques

샤를르 보들레르 지음
도윤정 옮김

평사리

콩스탕탱 기스, 〈요염〉. 벨랑제에 담채와 펜. 파리의 카르나발레 박물관 소장.

CONTENTS

현대 생활의 화가

웃음의 본질에 관해, 그리고 조형예술 속의 보편적 희극성에 관해   119

일러두기

* 이 책에 실린 두 편의 에세이는 갈리마르 출판사의 플레이야드 총서 보들레르 전집(Ch. Baudelaire, *Œuvres complètes*, coll. Bibliothèque de la Pléiade, Gallimard, 1975)에 실린 판본을 저본으로 삼았다.

* 저본에 이탤릭체로 표기된 부분은 각각 다음과 같이 처리하였다.

① 라틴어 또는 영어 단어여서 이탤릭체로 표기한 것으로 추정되는 부분은 우리말로 번역하고 원본대로 라틴어나 영어 표기를 병기하였다.

② 예외적으로 라틴어이면서 저자가 드러난 채 인용된 경우, 즉 원어의 발음을 그대로 한글로 옮겨 적는 것이 의미 있다고 판단된 몇몇 경우에는 원어 발음을 그대로 한글로 적고 각주에 원어 표기를 넣었다.

③ 일반적으로 통용되는 단어이지만 그 단어를 사용하는 데에 보들레르가 다소 부정적인 태도를 취한 것으로 추정되거나, 전문용어 혹은 은어라서 일반 독자를 배려하는 차원에서 이탤릭체로 표기한 것으로 추정되는 경우는 작은따옴표를 넣었다.

④ 일반적으로 통용되는 단어인데 보들레르가 특별히 강조하거나 특별한 의미를 부여한 단어(즉, 글의 핵심어 중 하나로 여길 수 있는 단어)로 추정되는 경우는 고딕체로 표기하였다.

모든 인간에게는 두 가지 청원이 있다.

하나는 신을 향한 것.

다른 하나는 사탄을 향한 것.

— 보들레르

콩스탕탱 기스, 〈왼쪽 다리를 들어 올린 무희〉.
펜과 담채. 파리의 프티 팔레Petit Palais 소장.

현대 생활의 화가

1

아름다움, 유행, 행복

　세상에는, 심지어 예술계에도 루브르 박물관에 가서는, '이류'일지언정 아주 흥미로운 수많은 그림들에는 단 한 번의 눈길도 주지 않은 채 빠르게 지나치는 사람들이 있다. 그 사람들이 복제 판화의 보급으로 가장 유명해진 작품들, 가령 티치아노[1]나 라파엘로[2]의 작품 앞에서는 꿈꾸듯이 붙박여 있다. 그러고 나서 미술관을 나설 때 대개가 만족해하며 "내 미술관에 대해 나는 훤히 알지" 하고 중얼거린다. 또, 오래전에 보쉬에[3]나 라신느[4]의 작품을 읽고서는 자신이 문학사史에 정통하다고 믿는 사람들도 있다.

　다행스럽게도 비평가들, 애호가들, 호기심 많은 사람들 등 잘못을 바로잡는 사람들이 간혹 등장하여, 라파엘로 안에 모든 게 있는 것이 아니라고, 라신느 속에 모든 게 있는 것은 아니라고, 소위 '군소 시인poetae minores'들에게도 우수한 것, 믿음직한 것, 매혹적인 것이 있다고 주장한다. 요컨대, 고전 시인들과 예술가들이 표현한 보편적인 아름다움은 그렇게나 좋아하면서도 특수한 아름다움, '현現 상황'[5]의 아름다움, 풍속에 깃든 감성을 무시하는 것은 잘못이라는 것이다.

　몇 해 전부터 세상이 조금이나마 바로잡혀 왔다고 하겠다. 오늘날 애호가들이 채색판화로 복제된 지난 세기의 고귀한 작품들[6]을 높이 평가하고 있는 점은 대중이 원하는 방향으로 일말의 반작용이 있었음을 보여 준다. 드뷔쿠르,[7] 생-토뱅 형제,[8] 그리고 또 다른 여러 명이 연구할 가치가 있는 예술가 사

＊

1. 티치아노(Tiziano Vencellio, 프랑스어로 Titien, 영어로 Titian, 1490~1576)는 이탈리아 베니스의 화가이다.
2. 라파엘로(Raffaello Sanzio, 1483~1520)는 이탈리아 화가이자 건축가이다. 레오나르도 다 빈치(Leonardo da Vinci, 1452~1519), 미켈란젤로(Michelangelo Buonarroti, 1475~1564)와 함께 르네상스의 고전적 예술을 완성한 3대 거물의 한 사람으로 꼽는다. 그의 작품은 각국의 왕후, 귀족이나 수집가들의 손에 의해 서유럽에 퍼져 마니에리즘에서 바로크, 신고전주의까지의 근세 서구 회화에서 권위 있는 미적규범 및 관학적 학풍의 원천으로 여겨졌다.
3. 보쉬에(Jacques Bénigne Bossuet, 1627~1704)는 17세기 프랑스 작가이다.
4. 라신느(Jean Racine, 1639~1699)는 17세기 프랑스 극작가이다. 앞서 언급된 보쉬에와 마찬가지로 프랑스 문학에서 고전으로 일컬어지는 작가로서 본문에 언급된 것이다.
5. '현 상황(circonstances)'이라는 말은 이 글에서 자주 등장한다. 고대의 이상적인 미(美)가 아니라 자신이 속해 있고 자신이 현재 살고 있는 당대, 즉 '현재'의 아름다움을 추구하는 보들레르 미학의 핵심을 이루는 말 가운데 하나이다.
6. 앞서 고전의 예로 든 작가들(보쉬에, 라신느)은 17세기 사람들이다. 여기서 '지난 세기'라 함은 보들레르가 살고 있는 세기에 좀 더 가까운 시기인 18세기를 뜻한다.
7. 드뷔쿠르(Philippe-Louis Debucourt, 1755~1832)는 보들레르의 아버지와 동시대인이다.
8. 생-토뱅(Saint-Aubin)가(家)의 두 형제, 샤를르(Charles, 1721~1786)와 가브리엘(Gabriel, 1724~1780)을 가리킨다.

전에 편입되었다. 그렇지만 이 사람들은 과거를 대표한다. 그리고 내가 오늘[9] 열중하고자 하는 것은 현재의 풍속을 그린 그림이다. 과거는 그 당시의 예술가들이 그들에게는 '현재'였던 그 시대로부터 추출해 낼 수 있었던 아름다움뿐 아니라 '과거'로서의 역사적 가치 때문에도 흥미롭다. 현재도 마찬가지이다. 우리가 현재의 재현에서 즐거움을 느끼는 것은 현 시대가 지닐 수 있는 아름다움 때문만이 아니라 '현재'로서의 본질적 특성 때문이기도 하다.

　나는 혁명기에서 시작하여 거의 집정시대[10]에 끝나는 유행 의상modes 판화 연작을 보고 있다.[11] 이 의상들을 보고 수많은 경솔한 사람들, 실제로는 진중하지 않으면서 짐짓 진중한 척하는 사람들이 웃음을 터뜨리지만 그 옷들에는 예술적이고 역사적인, 이중의 매력이 있다. 그 의상들은 거의 대부분 아름다우며, 섬세하게 그려져 있다. 그렇지만 그 이상으로 내게 중요한 것은, 또 모든 의상 아니면 거의 모든 의상 속에서 내가 기쁜 마음으로 알아보게 되는 것은 그 시대의 윤리와 미적 감각이다. 인간이 아름다움에 대해 갖는 생각은 인간의 의상 속에 새겨져 있다. 그 생각은 그의 옷을 구겨지게도 하고 펴지게도 하며 그의 동작을 부드럽게 하기도 하고 뻣뻣하게 하기도

콩스탕탱 기스, 〈공원에서의 만남〉. 펜과 수채 물감. 뉴욕의 메트로폴리탄 박물관 소장.

*

9. 신문 연재물이라 이런 표현이 등장한다.

10. 혁명(Révolution)은 프랑스 혁명을 가리키며 1789년 시작되었고 집정시대(Consulat)는 1799년부터 1804년까지 지속되었다.

11. 피에르 라 메장제르(Pierre La Mésangère, 1761~1831)의 판화들을 가리킨다. 이 화가는 여러 저작 속에서 풍속과 유행 의상을 다루었다. 보들레르에게 이 판화들을 소개한 것은 『악의 꽃』의 출판인 풀레-말라시(Poulet-Malassis)이며 이후 보들레르는 1859년 2월 16일 편지에서 다음과 같이 감사 인사를 한다. "이 가벼운 것들이 그 '이미지'뿐 아니라 '텍스트'를 통해서도 내게 얼마나 유용한지 모르실 겁니다."

하며 결국에는 그의 얼굴 표정에까지도 섬세하게 스며든다. 인간은 결국 자신이 원하는 바 대로 닮게 된다. 이 판화들은 아름답게도 또 추하게도 해석될 수 있다. 추하게라면 이 판화들은 캐리커처가 되고 아름답게라면 고대 조각상들이 된다.

이 의상들을 걸쳤던 여자들은 그녀 자신들이 드러내고 있는 시적詩的 정취의 정도 혹은 천박함의 정도에 따라 다소간 캐리커처를 닮거나 고대 조각상을 닮아 있었다. 살아 있는 육체는 우리에게 너무 뻣뻣하게 보이는 것을 물결치게 만들곤 했다. 감상자의 상상력으로 오늘날까지도 이 '튜닉'이 걸어가며 이 '숄'이 살랑거린다. 언젠가 아마도 어떤 극장에서건 연극 한 편[12]을 공연할 텐데, 거기서 우리는 이 의상들이 부활하는 것을 보게 될 것이다. 우리가 우리의 누추한 옷을 통해 그렇듯이,—사실 우리의 옷도 나름대로 우아하기는 하지만 그보다는 윤리적이거나 정신적인 성격을 띠고 있다[13]— 우리 아버지들은 바로 그 의상들을 걸침으로써 매혹적인 사람이 되었던 것이다. 만일 훌륭한 남녀 배우들이 그 옷들을 걸쳐서 그것들이 살아나게 한다면 우리는 그 옷들에 대해 그토록 경솔하게 웃을 수 있었다는 점에 놀랄 것이다. 과거는 추억이 주는 재미를 간직하면서도 삶의 빛과 활기를 되찾아 '현재'로 변할 것이다.

만약 편견 없는 어떤 사람이 프랑스의 기원에서부터 현재에 이르기까지 프랑스의 **모든** 유행 의상들을 하나하나 훑어본다면 그는 거기에서 쇼킹한 어떤 것도, 아니 그저 놀라운 것조차도 일절 발견하지 못할 것이다. 거기에는 유행의 변천 과정이 마치 동물계의 계통 진화에서 그렇듯이 치밀하게 마련되어 있을 것이다. 공백이 전혀 없으니 놀랄 만한 것도 없다. 그리고 만일 그가 각 시대를 대변하는 삽화에 그 시대의 가장 지배적이거나 그 시대를 뒤흔든 철학사상을 가져다가 대본다면, 각 삽화는 필연적으로 그 사상에 대한 기억을 떠올리게 하므로 그는 조화로움이 얼마나 깊숙이 역사의 모든 부분을 지배하고 있는지, 그리고 우리에게는 가장 괴상하고 광적인 듯 보이는 세기에서조차도 아름다움에 대한 불멸의 욕구가 항상 충족되었음을 알게 될 것이다.

유일하고 절대적인 아름다움의 이론에 반대하여, 이제는

---

*

12. 『제1경기병단 후작*Marquis du 1er housard*』이라는 희곡을 생각하며 쓴 글이다. 이 희곡은 1853년에 발표된 폴 드 몰렌느Paul de Molènes의 단편 『어느 경기병의 고통*Les Souffrances d'un housard*』을 보들레르가 각색한 것으로, 보들레르 사후에 출간된 전집에 실려 있다.

13. 보들레르의 다른 글 『1846년 살롱』 중 「현대 생활의 영웅주의에 관해」라는 글에 다음과 같은 부분이 나온다. "고통 받고 검고 마른 어깨에조차 영원한 장례의 상징을 붙이고 다니는 우리 시대에 필요한 의복이 있지 않은가? 검은 옷과 프록코트는 보편적 평등의 표현이라는 정치적 아름다움뿐 아니라 영혼의 공개적 표현이라는 시적인 아름다움을 지니고 있기도 하다는 점을 명심하라."

진정 아름다움에 관한 합리적이고 역사적인 이론을 수립할 좋은 기회가 왔다. 또, 아름다움은 비록 그것이 만들어 내는 인상이 단 하나임에도 불구하고 항상, 필연적으로 둘로 이루어져 있음을 보여 줄 좋은 기회가 온 것이다. 아름다움의 변하는 여러 요소를 단일한 인상 속에서 구분해 내는 것은 어렵지만, 그렇다고 아름다움의 구성에서 다양성이 필요하다는 점을 간과할 수는 없기 때문이다. 아름다움은 그 양을 측정하기가 매우 어려운, 영원하고 변치 않는 한 요소와 상대적이고 상황에 따라 변하는 또 다른 요소로 이루어져 있다. 아마도 시대, 유행, 윤리, 감정 등이 차례로 하나씩, 혹은 그 전체가 한꺼번에 변하는 요소를 구성할 것이다. 근사한 케이크의 재미나고 입맛 당기고 군침 돌게 하는 겉모습과 같은 이 둘째 요소가 없다면 첫째 요소는 소화하기 어렵고 즐길 수도 없으며 인간 본성에 맞지 않고 적합하지 않은 것이 될 것이다. 이 두 요소를 포함하지 않은 미美의 표본이 있다면 어디 내게 제시해 보시라.

역사 속에서 극단적인 두 등급을 예로 들어 보겠다. 종교예술에서 이원성은 한눈에 보인다. 영원한 아름다움의 부분은 예술가가 속한 종교의 규범하에서 허가를 얻어야만 나타난다. 거드름을 피우며 우리가 '문명화된'이라고 칭하는 시대들에 속한 세련된 예술가의 가장 경박한 작품 속에서도 마찬가지로 이러한 이원성은 드러난다. 아름다움의 영원한 측면은 유행에 의해서가 아니라면 작가의 특수한 기질에 의해서라도 감추어지면서 동시에 표현될 것이다. 예술의 이원성은 인간의 이원성의 필연적인 결과이다. 영원히 지속되는 부분이 예술의 영혼이고 변하는 요소가 예술의 몸이라고 여기실 수 있으리라. 바로 그 때문에 스탕달[14]이 "아름다움은 행복의 약속일 뿐이다."고 말할 때 여타 다른 자들보다 더 진리에 접근해 있다. 비록 스탕달이 무례하고 짓궂고 불쾌하기까지 하지만 그 무례함은 유용하게도 명상을 부추기긴 한다. 아마도 이 정의는 목표를 넘어서는 것이리라. 그것은 몹시 과하게 아름다움을 한없이 변하는 행복의 이상향에 종속시키는 듯하다. 그렇게 해서 너무 경솔하게도 이 정의는 아름다움에서 귀족적인 특질을 제거한다. 그렇지만 결정적으로 아카데미[15] 회원들

*

14. 『적과 흑』의 저자로 유명한 스탕달(Stendhal, 본명은 Henri Beyle, 1783~1842)은 플로베르, 발자크와 더불어 19세기 프랑스 소설을 대표하는 작가이다.

15. 원래는 '아카데미 프랑세즈Académie Française'로 불리는데 '프랑스 한림원'으로 옮기기도 한다. 금석학·문학 아카데미 Académie des inscriptions et belles-lettres, 과학 아카데미 Académie des sciences, 미술 아카데미 Académie des beaux-arts, 정신과학·정치학 아카데미 Académie des sciences morales et politiques와 함께 프랑스 학술원 Institut de France을 구성하며 프랑스어의 보존과 순화를 담당한다.

의 오류로부터 벗어난다는 큰 장점을 이 정의는 지니고 있다.

　나는 이미 이러한 것들을 여러 차례 설명했다. 그것에 관한 것이라면 추상적 사고의 유희를 좋아하는 사람들에게는 이 몇 줄로 충분하다. 그렇지만 나는 프랑스 독자들이 대개 이 정도로는 만족하지 않는다는 것을 알기 때문에 내 주제의 실증적이고 실제적인 부분으로 서둘러 들어가고자 한다.

2

풍속의 크로키

풍속을 스케치하고 부르주아의 삶을 재현하고 유행 의상을 화려하게 보여 주려면 당연히 가장 신속하고 가장 비용이 적게 드는 방식이 최상이다. 예술가가 작품에 아름다움을 불어 넣을수록 작품은 더 귀하게 된다. 그렇지만 범속한 삶 속에는, 날마다 거듭되는 외부세계의 변신 속에는 빠른 움직임이 있어서 예술가도 그만큼 신속하게 작업해야 한다. 조금 전에 언급했듯이, 다양하게 채색된 18세기 판화들이 다시 패션계에서 각광을 받았다. 파스텔, 동판화, 아쿠아틴트[1] 등이 도서관과 애호가들의 화첩, 그리고 가장 보잘 것 없는 상점의 진열장 등에 흩어져 있는 현대 생활의 이 거대한 사전 속에서 차례차례 제 역할을 해 왔다. 석판화가 등장하자마자 겉보기에는 아주 하찮아 보이는 이 어마어마한 작업에 석판화가 아주 적합하다는 점이 즉시 드러났다. 이 장르에는 진정한 기념비적 작품들이 있다. 사람들은 가바르니와 도미에[2]의 작품들

*

1. 아쿠아틴트l'aquatinte는 동판화와 같은 부식판화의 한 종류이다.
2. 가바르니(Sulpice Guillaume Chevalier, 보통 Paul Gavarni로 불림, 1804~1866)와 도미에(Honoré Daumier, 1808~1879)는 당대 최고의 판화가, 화가였다.

을 적절하게 <인간희극>[3]의 보완물이라 불렀다. 확신하건대, 발자크 자신이 그와 같은 생각에 반대하지 않았을 것이다. 풍속을 그리는 '화가—예술가'의 재능은 복합적이어서 상당 부분 문학적인 성향이 그 속에 들어 있어야 하는 만큼 그 생각은 더욱 옳다. 관찰자, 산책가, 철학자 등으로 풍속화가를 마음대로 부르시라. 그렇지만 분명 여러분은 이런 부류의 예술가의 특징을 말하기 위해서는 영원한, 아니라면 적어도 좀더 지속적인 것들의 화가, 영웅적이거나 종교적인 것들의 화가에게는 붙이기 힘든 형용사를 그에게 부여하게 될 것이다. 간혹 그는 시인이고 좀 더 자주 소설가나 모럴리스트에 가깝다. 그는 '상황'의 화가이며 그 상황이 암시하는 모든 영원한 것의 화가이다. 각 나라는 자국의 기쁨과 영광을 위해 이런 부류의 사람들을 확보해 두었다. 지금 우리 시대에는 우리 기억에 가장 먼저 떠오르는 도미에와 가바르니뿐 아니라 왕정복고기의 수상적은 멋의 역사가인 드베리아Devéria, 모렝Maurin, 뉘마 Numa 등을, 와티에Wattier, 타새르Tassaert, 그리고 귀족적인 우아함을 열렬히 사랑하여 거의 영국인에 가까운 외젠느 라미 Eugène Lami를, 가난과 평범한 삶의 연대기 작가인 트리몰레 Trimolet와 트라비에스Traviès까지를 꼽을 수 있다.

폴 가바르니, 〈경작지 감시원〉. 『샤리바리*Charivari*』(1832-1937년 파리에서 발간된 화보 신문)에 게재됨. 현재 미국의 브라운 대학교 소장─〈앤 브라운 밀리터리 컬렉션Anne S.K. Brown Military Collection〉.

★

3. 인간희극Comédie Humaine은 보들레르와 동시대인으로 가장 뛰어난 사실주의 소설가 중 한 사람인 발자크(Honoré de Balzac, 1799~1850)의 작품 총서 이름이다. 단테의 『신곡*Comédie Divine*』에 응수하는 제목이기도 하다.

3

예술가, 세계인, 군중 속의 남자, 아이

오늘은 독자들에게 특이한 어떤 사람에 대해, 그 누구의 동의조차 구할 필요가 없을 만큼 너무나 뛰어나고 뚜렷한 독창성을 지닌 어떤 사람에 대해 말하고자 한다. 그의 그 어떤 데생 작품도 서명이 안 되어 있다. 이름을 형상화한, 위조하기 쉽고 그토록 많은 이들이 자신의 가장 경솔한 크로키 아래쪽에 화려하게 그려 넣는 몇몇 철자를 서명이라 부른다면 그렇다는 말이다. 그러나 그의 작품들은 모두 그의 빛나는 영혼으로 서명되어 있어서 그것들을 한번 보고 감상한 애호가들은 내가 그 작품들에 대해 묘사하는 것만 보고도 어떤 작품인지 쉽게 알아차리리라. 군중과 익명을 매우 사랑하는 C.G. 씨는 이런 독창성을 겸허함으로까지 밀고 나간다. 우리가 알듯이 예술적인 것들에 매우 호기심이 많고 직접 자기 소설의 '삽화 illustrations'를 그리기도 한 태커레이[1] 씨는 어느 날 런던의 어느 작은 신문에서 G 씨에 대해 말했다. 그랬더니 G 씨는 마치 자신의 정절을 빼앗긴 듯이 화를 냈다. 최근에도 내가 자신의 작가정신과 재능에 대한 평을 쓸 예정이라는 것을 알게 되었을 때 그는 내게 자신의 이름을 지우고 마치 작자 미상의 작품에 대해 그렇듯 작품에 대해서만 얘기하기를 매우 간곡하게 부탁하였다. 나는 공손히 이 독특한 바람에 따를 것이다. 고결한 G 씨는 자신의 데생들과 수채화들을 거리낌 없이 소홀히 대하는데, 독자 여러분과 나는 G 씨가 존재하지 않는다고 믿는 척할 것이며 그의 작품들에만 전념할 것이다. 마치 영원히 작자 미상으로 남아 있을, 우연히 발견된 귀중한 역사적 문서를 평가해야 할 학자들이 그리할 것처럼 말이다. 게다가 확실하게 성의를 다하기 위해, 그토록 드물고 특이하게 빛이 나는 그의 본성에 대해 내가 말하는 모든 것은 다소간 바로 여기서 문제 삼는 작품들에 의해 암시된 바라고 가정하자. 시적인 순수한 가설, 짐작, 상상의 작업이라고.

G 씨는 나이가 많다.[2] 사람들이 말하길 장 자크[3]는 42세에 글을 쓰기 시작했다고 한다. G 씨가 자신의 머리를 채우고 있

---

*

1. 태커레이(William Makepeace Thackeray, 1811~1864)는 영국의 저널리스트이자 소설가이다. 영국 저널의 파리 통신원을 지냈으며 1848년 발표한 『허영의 시장 Vanity Fair』은 19세기 영국 소설의 대표작으로, 주인공 없는 소설을 시도한 작품이다.
2. 콩스탕탱 기스는 보들레르보다 20살 연상이다.
3. 18세기 프랑스 철학자이자 작가인 장 자크 루소(Jean-Jacques Rousseau, 1712~1778)를 가리킨다.

는 온갖 이미지들에 사로잡혀 백지 위에 잉크와 물감 뿌리기를 감행한 것도 아마 그 나이쯤이었다. 사실을 말하자면, 그는 손가락이 무디고 도구들이 손에 익지 않아 화가 나서, 야만인처럼, 아이처럼 그림을 그렸다. 나는 이렇게 함부로 칠해진 것들을 여러 개 봤고 전문가나 전문가인 척하는 대부분의 사람들이 그 어두운 밑그림들에 깃들어 있는 잠재적 재능을 간파하기 힘들 수도 있었음을 시인한다. 이 점이 수치스러운 일은 아니다. 혼자서 작업의 모든 세세한 전략들을 발견하고 조언도 없이 독학해 온 G 씨는 자기 방식으로 오늘날 힘 있는 대가가 되었고, 그가 애초에 지녔던 순진함들 가운데 자신의 풍부한 재능에 의외의 향취를 첨가하는 데 필요한 것만 간직하고 있다. 자신의 '젊은 시절' 습작품들 중 하나와 우연히 마주칠 때면 그는 엄청나게 부끄러워하며 그것을 찢거나 불살라 버린다.

나는 지난 10년간 천성적으로 맹렬한 여행가에다 지극한 세계주의자인 이 G 씨와 만나고 싶어 했다. 그가 오랫동안 영국의 화보잡지에서 일했고[4] 그 잡지는 영국에서 그의 여행 크로키를 —스페인, 터키, 크림[5] 여행— 판화로 제작해 게재했다는 사실을 알고 있었다. 그때부터 나는 그가 여행지 현장에서

즉석으로 그린 상당량의 데생들을 보았고, 그렇게 다른 지역보다 더 관심이 가는 크림 지방[6]에 관한 나날의 자세한 보고서를 읽을 수 있었다. 이 잡지는 또 이 작가의 그림 여러 점을 여전히 서명 없이 출간했는데, 새로운 발레와 오페라 공연들을 그린 것들이다. 마침내 그를 만났을 때 나는 우선 그가 한 사람의 예술가라기보다는 오히려 한 사람의 세계인임을 알아차

마네, 〈콩스탕텡 기스〉. 캔버스에 유채물감. 버몬트Vermont의 셸버언박물관Shelburne 소장. 콩스탕텡 기스(Constantin Guys, 1805-1892)는 세상에 알려지기를 꺼려했다. 글에서 보들레르도 그를 'C.G.'나 'G 씨'로 적고 있다.

*
4. 콩스탕텡 기스는 1843년부터 1869년까지 『런던화보뉴스The Illustrated London News』에서 일했으며 후일 이 주간지의 예술부 디렉터가 된다. 1842년에 창간된 이 주간지는 큰 판형의 광택지에 인쇄되었는데, 창간호는 16면으로 이루어져 있었고 32개의 목판화가 삽입되어 있었다. 창간호는 단번에 2만 6천 부가 팔려 나갔고 얼마 안 있어 주당 6만 5천 부가 팔려 나가 큰 성공을 거두었다.
5. 크림(Krym, Crimée, 크리미아 Crimia)은 우크라이나 남쪽, 흑해로 돌출해 있는 반도이다.
6. 콩스탕텡 기스는 실제로 1853년부터 1855년까지 크림전쟁 현장에서 『런던화보뉴스』의 통신원으로 활약했다.

렸다. 여기서 예술가란 말은 아주 한정된 의미이고 세계인이란 말은 매우 넓은 의미임을 알아주시라. 세계인이란 바로 전세계의 사람, 즉 세계와 세계 모든 풍습의 신비롭고도 정당한 이유들을 이해하는 사람이다. 예술가란 전문가이며 마치 농노가 자기 영지에 매여 있듯 자신의 팔레트에 얽매여 있는 사람이다. G 씨는 예술가라 불리는 것을 좋아하지 않는다. 어느 정도 그가 옳지 않는가? 그는 이 세상 전체에 관심이 있다. 그는 빙빙 돌아가는 지구의 표면에서 일어나고 있는 모든 것을 알고 이해하고 음미하고 싶어 한다. 예술가는 도덕계와 정치계는 거의 체험하지 않는다, 아니, 전혀 체험하지 않기도 한다.[7] 브레다 구역에 사는 사람은 포부르 생-제르멩에서 무슨일이 일어나고 있는지 모른다.[8] 두세 사람 정도 예외가 있겠지만 누구라고 밝힐 필요는 없겠고, 분명히 말해 둘 것은 예술가 대부분이 아주 교활한 무식쟁이에 단순한 노가다이며 시골 수재에 촌구석의 준재라는 점이다. 아주 좁은 반경에 한정될 수밖에 없는 그들의 대화는 세계의 영적 시민인 세계인에게는 순식간에 참을 수 없는 것이 된다.

그렇기에 G 씨를 이해하기 위한 첫 단계로, 호기심이 그의 재능의 출발점이라 할 만하다는 사실을 당장 알아 두시라.

1843년 12월 2일자 『런던
화보뉴스』. 1842년에 창간
된 이 주간지는 큰 판형의
광택지에 인쇄되었는데, 창
간호는 16면으로 이루어져
있었고 32개의 목판화가
삽입되어 있었다. 창간호는
단번에 2만 6천 부가 팔려
나갔고 얼마 안 있어 주당
6만 5천 부가 팔려 나가 큰
성공을 거두었다.

*

7. 보들레르의 '세계인'과 '예술가' 구분은 19세기 낭만주의 작가 알프레드 비니(Alfred de Vigny, 1797~1863)의 구분을 연상시킨다. 비니는 희곡 『채터톤 Chatterton』(1835) 중 「일하는 마지막 밤 Dernière Nuit de travail」에서 문학가 l'homme de lettres, 위대한 작가 le grand écrivain, 시인 le poète 등을 구분하고 있다.

8. 브레다 구역 le quartier Bréda은 파리의 센느강 북부, 생–라자르 역 오른편에 위치한 9구에 속한다. 이곳은 당시 예술가들이 많이 모이던 지역이어서 '신新아테네 La Nouvelle Athène'라고도 불렸다. 이 구역의 한 아파트에서 시인 네르발과 보들레르의 우상이었던 사바티에 부인 Madame Sabatier이 일요일마다 열었던 저녁 모임에는 두 시인 이외에 위고, 뮈세, 플로베르, 마네, 베를리오즈 등 다양한 분야의 예술가들이 자주 초대되었다. 이 지역은 19세기 중반 이후 인상주의 화가들의 본거지가 되기도 한다. 반면, 센느강 남쪽에 위치한 포부르 생–제르멩 le faubourg Saint-Germain 지역은 전통적으로 부르봉 왕가의 왕족과 귀족들의 저택이 있던 곳이었는데, 프랑스 혁명 이후에는 국방부와 외교부 등 혁명 정부의 각 부처와 정치 사범들의 감옥 등이 자리 잡게 된다. 요약하자면, 보들레르가 살던 당시에 브레다 구역은 예술계를, 포부르 생–제르멩은 정치계를 각각 대표한다고 하겠다.

제목이 「군중 속의 남자」[9]이며 이 시대의 가장 권위 있는 문필가에 의해 그려진 어떤 그림을 —진실로 그것은 한 폭의 그림이다!— 기억하시는가. 카페 창가에 앉아 즐거이 사람들을 바라보는 회복기 환자는 생각만으로 자기 주위에서 일렁대는 모든 생각들에 섞여 들어간다. 막 죽음의 그림자에서 빠져나온 그는 삶의 모든 근원과 모든 신기한 힘을 기쁘게 들이마신다. 막 모든 것을 잊게 될 순간에 처해 봤기 때문에, 그는 추억을 되새기고 모든 것에 대해 열심히 기억해 내려고 한다. 결국 그는 군중들 너머로 어떤 낯선 자를 급히 찾아 나선다. 한눈에 그를 사로잡는 얼굴을 지녔던 누군가를. 호기심은 받아들일 수밖에 없는 하나의 운명적 열정이 된다.

정신적으로 늘 회복기 환자의 상태에 있는 한 예술가를 상상해 보시라. 그러면 여러분은 바로 G 씨의 캐릭터를 이해할 열쇠를 갖게 되리라.

그런데 회복기란 어린 시절로의 회귀와 같다. 어린 아이처럼 회복기 환자는 진부하게 보이는 것들에도 열렬히 관심을 갖는 능력을 최고도로 발휘한다. 과거로 가는 상상력을 발휘하여 가능하다면 우리의 가장 어린 시절로, 우리가 받은 생애 첫 인상들로 돌아가 보면 그 어린 시절이 나중에 병이 나고 나서 받게 될 그토록 생생하게 채색된 인상들과 닮아 있음을 깨닫게 되리라. 병이 우리의 정신적 감각을 순수하게 보존해 두기만 한다면 말이다. 아이들은 모든 것을 새로움 속에서 본다. 어린아이는 늘 취해 있다. 어떤 것도 이제는, 다만 어린아이가 형태와 색채를 흡수해 가는 바로 그 기쁨만이 우리가 '영감'이라 부르는 것을 닮았다. 얘기를 좀 더 진전시키자면, 영감은 충혈과 관계 있다고, 숭고한 사상은 소뇌에까지 울려 퍼지는 다소 강력한 모든 신경의 경련을 동반한다고 감히 말하겠다. 재능 있는 사람은 강한 신경을 지니고 있고 아이들은 약한 신경을 가지고 있을 뿐. 전자에게는 이성이 엄청난 자리를 차지하고 후자에게는 감수성이 거의 존재 전체를 차지한다. 그렇지만 예술적 재능이란 의식적으로 되찾아진 어린아이에 다름 아니다. 자기 자신을 표현하기 위한 성숙한 수단과 자기도 모르게 자신 속에 쌓여진 것들을 정돈하게 하는 분석적인 정신이 이제는 부여된 어린아이 말이다. 얼굴이든 풍경

*
9. 「군중 속의 남자(l'Homme des foules, 원제 : The Man of the Crowd)」는 에드가 앨런 포우(Edgar Allan Poe, 1809~1849)의 『이야기들Tales』(1845)의 단편 중 하나이다. 보들레르는 포우의 작품을 직접 프랑스어로 번역하여 『희한한 이야기들Histoires Extraordinaires』(1856)과 『새로운 희한한 이야기들Nouvelles Histoires Extraordinaires』(1857), 『아더 고든 핌의 모험들Les Aventures d'Arthur Gordon Pim』(1858) 등을 펴냈는데, 이 단편은 둘째 책에 실려 있다. 이어지는 본문의 내용과 유사하게 이 단편은 회복기 환자인 화자가 런던의 한 카페에 앉아 지나가는 사람들을 바라보다 호기심을 불러일으키는 어느 한 남자를 쫓아가는 이야기를 담고 있다.

이든 빛이든 황금이든 색채이든 빛나는 스카프이든 곱게 화장한 활홀한 미인이든, **새로움** 앞에서 어린 아이들이 시선을 고정시키고 넋을 잃는 것은 바로 이런 깊고 즐거운 호기심 때문이라고 봐야 한다. 어느 날 친구 하나가 내게 말하기를, 굉장히 어렸을 때 자기 아버지가 몸단장하는 것을 지켜본 일이 있었는데, 그때 그는 혼미한 가운데 희열을 맛보며 아버지 팔의 근육들과 장밋빛, 노란빛이 미묘하게 드리워진 피부색의 섬세한 변화와 푸르스름한 정맥들의 조직을 한참 바라보았다고 한다. 이미 외부 세계의 형상이 그에게 경건함을 느끼게 했고 그의 뇌를 점령했던 것이다. 이미 형태가 그를 사로잡았고 그의 머리에서 떠나지 않았다. 숙명이 이르게 잠깐 모습을 드러냈다. **천형**이 가해진 것이다. 이 아이가 오늘날 어떤 유명한 화가[10]라고 굳이 말할 필요가 있을까?

나는 조금 전 여러분에게 G 씨를 영원한 회복기 환자로 여기시라고 부탁했다. 여러분이 갖게 된 개념을 보충하자면, 그를 '어른—아이'로, 매분마다 어린아이의 자질을 지닌, 즉 그 앞에서는 삶의 어떤 모습도 **퇴색되지** 않는 그런 자질을 지닌 사람으로도 여기시기를.

그를 순수한 예술가로 보는 것을 나는 싫어한다고, 또 그 자신도 기품과 신중함이 묻어나는 겸손한 태도로 이 칭호를 거부했다고 여러분에게 말했다. 나는 그를 기꺼이 **댄디**라 부르겠다. 그럴 만한 이유들이 있는데, **댄디**라는 말은 성격의 정교함과 이 세상의 모든 정신 구조의 섬세한 이해를 내포하기 때문이다. 그렇지만 다른 한편으로 댄디는 무덤덤해지기를 원하며, 바로 이 점에서 보고 느끼기를 향한 끝없는 열정에 사로잡힌 G 씨는 댄디즘에서 급격히 멀어진다. "아마밤 아마레"[11] 라고 성 아우구스티누스[12]는 말했다. "나는 열정적으로 열정을 사랑한다."라고 G 씨는 말하리라. 정치적 이유에서, 또 자신의 계급 때문에 댄디는 감각을 잃었거나 그런 척한다. G 씨는 그렇게 무덤덤해진 사람들을 혐오한다. 그는 **어리석지 않으면서도 진실할 수 있는** 참으로 어려운 —세련된 사람들은 내 말을 이해하리라— 기술을 지니고 있다. 눈에 보이고 만져지고 조형적 상태로 응축된 사물들을 과도하게 사랑한 나머지 만져볼 수 없는 형이상학자들의 왕국을 구성하는 것들에 대해 그가 어느 정도 거부감을 가질 수도 있겠지만, 그렇지

*
10. 보들레르가 찬미한 예술가 중 한 사람인 19세기 프랑스 낭만주의 화가 들라크루와(Eugène Delacroix, 1798~1863)를 가리키는 것으로 추정된다.
11. 아마밤 아마레Amabam amare는 '사랑하기를 사랑했다'의 뜻이다.
12. 성 아우구스티누스(Saint Aurelius Augustinus, 프랑스어로는 Augustin, 354~430)는 초대 그리스도교가 낳은 철학자, 사상가, 성자로 『고백록Confessions』(397~401) 외 여러 저작을 남겼다. 후일 그가 정한 공동생활의 계율을 본받아 여러 개의 수도회가 설립된다.

않다면 나는 철학자라는 명칭을 그에게 부여하고 싶다. 그는 진정 그렇게 불릴 만하다. 그러니 그를 라 브뤼에르[13] 같은 특이한 순수 모럴리스트의 지위에 두자.

공기가 새의 영역이고 물이 물고기의 영역이듯이, 군중은 그의 영역이다. 그의 취미와 그의 일은 **군중과 결혼하는 것** épouser la foule이다. 완벽한 산책가, 정열적인 관찰자에게 무리 지은 것, 물결치는 것, 움직이는 것, 사라지는 것, 무한한 것 속에 거처를 정하는 것은 굉장한 기쁨이다. 자신의 집 밖에 있기, 그렇지만 어디에서든 자신의 집에 있는 듯 느끼기. 세상을 보기, 세상 가운데 있기, 그리고 세상 속에 숨기. 이런 것들이 독립적이고 열정적이며 편견 없는 사람들, 뭐라 정의 내리기 어려운 이 사람들의 극히 작은 즐거움의 일부이다. 관찰자는 어디서든 암행의 기쁨을 누리는 **왕자**이다. 生의 애호가는 세상 사람을 자신의 가족으로 만든다. 여성 애호가가 찾아냈거나 찾을 수 있거나 찾을 수 없는 온갖 미인들로 자신의 가족을 구성하듯, 또 그림 애호가가 화폭에 담긴 환상들에 매혹된 사교 모임 속에서 살듯이 말이다. 이처럼, 평범한 삶을 사랑하는 자는 군중이 전력 저장소인 양 그 속으로 들어간다. 또한 그를 그 군중만큼이나 거대한 거울에, 의식이 부여된 만화경에 비유할 수 있다. 그것은 움직일 때마다 다채로운 세상과 삶의 모든 요소들의 변화하는 아름다움을 보여 준다. 늘상 불안정하고 덧없는 삶 그 자체보다 훨씬 더 생생한 이미지들 속으로 그를 데리고 가고 그 이미지들로 그를 표현하는 것은 바로 나 아닌 것을 끝없이 열망하는 나이다. 그는 강렬한 시선과 무언가를 불러일으키는 몸짓으로 대화에 활력을 불어넣는데, 한번은 "온갖 자질들을 모두 흡수하지 않을 수 없는 지나치게 적극적인 천성으로 괴로움을 겪지 않는 모든 사람은, 군중 속에서 지루해하는 모든 사람은 바보입니다! 바보예요! 저는 그런 사람 경멸해요!" 하고 말했다.

　G 씨가 일어나 눈을 뜨고 강렬한 태양빛이 창유리를 공격해 오는 것을 볼 때 그는 양심의 가책을 느끼며 회한에 젖어 중얼거린다. "얼마나 긴급한 명령인가! 얼마나 화려한 빛의 팡파르인가! 벌써 몇 시간 전부터 사방이 빛이었을 텐데! 잠자느라 그걸 놓치다니! 그 빛으로 빛나는 것들을 얼마나 많이 볼 수 있었을까. 그런데 보지 못했네!" 그리하여 그는 출발한다! 그리고 그는 그토록 장엄하고 찬란한 생명력의 강물이 흘러가는 것을 본다. 그는 대도시 생활의 영원한 아름다움과 놀

---

*

13. 라 브뤼에르(Jean de La Bruyère, 1645~1696)는 프랑스의 철학자, 작가이다. 그가 이름을 밝히지 않고 펴낸 『성격론 les Caractères』(1688)은 짧고 섬세한 문장 속에 사회에 대한 날카로운 풍자를 선보이고 있다.

라운 하모니에 감탄한다. 인간의 자유라는 소란 속에서도 신의 섭리로 그토록 잘 유지되는 하모니 말이다. 그는 대도시의 풍경들을, 안개가 쓰다듬고 태양이 뺨을 치고 간 석조건물의 풍경들을 바라본다. 그는 말을 타고 하는 멋진 나들이 행렬들을, 자랑스러운 말들을, 눈부시게 깔끔한 마부들을, 하인들의 능수능란함을, 여인들의 물결 같은 걸음걸이를, 사는 것과 잘 차려입은 것이 행복한 예쁜 아이들을 즐거이 본다. 한마디로, 평범한 삶을 즐긴다. 만일 의상의 유행이, 그 재단이 조금이라도 변형되었다면, 매듭리본과 버클이 코카드[14]로 유행이 바뀌었다면, 바볼레[15]의 폭이 더 넓어졌다면, 올림머리가 목쪽으로 한 단계 내려왔다면, 벨트가 위로 올라가고 스커트의 폭이 넓어졌다면, 아주 먼 거리에서라도 그의 독수리 같은 눈은 그것을 바로 간파할 것임을 믿으시라. 아마도 세상 끝으로 가고 있을 한 연대가 대로변의 공기 속에 신나고 경쾌한 팡파르를 희망처럼 울려 퍼지게 하면서 지나간다. 보시라, G 씨는 이 군단의 무기들과 걸음걸이와 표정을 이미 발견하고는 관찰하고 분석했다. 마구馬具들, 섬광들, 음악, 단호한 시선들, 무겁고 진중해 보이는 수염들, 이 모든 것이 뒤죽박죽 섞여 그에게로 들어간다. 몇 분 뒤 거기에서 나올 시詩 작품이 거의 다

만들어질 것이다. 바로 이 순간 그의 영혼은, 마치 단 한 마리의 동물처럼 행진하고 있는, 복종 속 기쁨의 자랑스러운 이미지인 이 연대의 영혼과 함께 살고 있다!

자 이제 밤이 왔다. 하늘의 커튼들이 내려오고 도시들이 불 밝히는, 기묘하고 모호한 시간이다. 일몰의 보랏빛에 가스등이 점점이 박힌다. 신사이든 파렴치한이든, 정신이 똑바르든 미쳤든, 사람들은 다 "마침내 하루가 마감되었군!" 하고 중얼거린다. 현명한 자와 행실이 나쁜 자가 즐거움을 떠올리고는 각자 자신이 정한 곳으로 망각의 잔을 마시러 달려간다. G 씨는 등불이 반짝이고 시詩가 울려 퍼지고 삶이 웅성거리고 음악이 떨려올 곳이면 어디든 가장 마지막까지 남아 있을 것이다. 열정이 그의 눈앞에 포즈를 취할 곳, 소탈한 사람과 의례적인 사람이 야릇한 아름다움 속에서 모습을 드러낼 곳, 태양이 '타락한 동물'[16]의 빨리 지나쳐가는 기쁨들을 비출 곳이면 어디든지! "자, 분명 하루를 잘 보냈어. 우리 각자 그와 같은 방식으로 하루를 채울 능력이 충분해."라며 우리 모두가 아는 어떤 독자는 중얼거린다. 아니다! 볼 줄 아는 자는 거의

*
14. 코카드la cocarde는 여자의 모자에 다는 꽃모양의 둥근 액세서리를 말한다.
15. 바볼레le bavolet는 여자 모자 뒤에 늘어뜨린 장식 리본을 말한다.
16. 여기서 보들레르는 루소의 표현을 빌려왔다. 루소는 『인간 불평등의 기원에 관하여Discours sur l'origine de l'inégalité』(1755)에서 "사유의 상태는 자연에 반反하는 상태이며 명상하는 인간은 타락한 동물이라 감히 말할 수 있다."고 썼다.

없다. 표현할 수 있는 능력이 있는 사람은 더욱 드물다. 모두들 잠든 이 시간 그자는 자신의 테이블 위로 몸을 숙여 자신이 조금 전 사물들에 고정시켰던 시선을 한 장의 종이 위로 던지고 연필과 펜과 붓을 휘두르며 컵의 물을 천정까지 튀기면서 붓을 셔츠에 닦아가며 바쁘게 격렬하게 활발하게 마치 이미지들이 달아나지나 않을까 걱정하는 듯 혼자서 전사戰士가 되어 스스로 재촉하고 있다. 그렇게 하여, 자연적인 것보다 더 자연스럽고 아름다운 것보다 더 아름답고 독특하며 작가의 영혼처럼 정열적인 생명력에 물든 사물들이 종이 위에서 부활한다. 자연에서 환상이 추출되었다. 머릿속을 가득 채웠던 모든 재료들이 분류되고 정리되고 서로 어울리며, 어린아이 같은 포착, 즉 천진함에 힘입은 날카롭고 경이로운 포착!의 결과인 이런 운명적인 이상화[17]를 겪는다.

---

*

17. 이상화 l'idéalisation란 바로 앞에 언급되었듯이 '자연에서 환상이 추출되는 과정'을 뜻한다.

4

현대성[1]

그렇게 그는 가고 달리고 찾는다. 그는 무엇을 찾는가? 틀림없이 이자는, 내가 묘사한 대로 발랄한 상상력의 소유자인 이 은둔자는 언제나 인간들의 드넓은 **사막**을 가로질러 여행 중인데 순수한 산책가보다는 더 고양된 목표를, 현 상황에서 오는 덧없는 즐거움과는 다른 좀 더 보편적인 목표를 가지고 있다. 그는 우리가 **현대성**la modernité이라고 부를 만한 어떤 것을 찾고 있는데, 지금 다루고 있는 사고를 표현하는 데에 그 말보다 더 나은 것이 없다. 그로서는 유행 연대기 속에서 유행이 지니고 있는 어떤 시詩적인 것을 추출하고, 변하는 것에서

---

*

1. 이 글에서 모더니티modernité, 모던moderne에 해당하는 말은 모두 '현대성', '현대'로 옮겼다. 사실, 20·21세기 현대철학이나 문화비평의 입장에서 보면 '근대성', '근대'로 옮기는 것이 더 적절할 수 있는데 역자는 이 글 전반에 걸쳐 보들레르가 '미美의 당대적 속성'을 강조하고 있음을 고려하여 이와 같은 용어를 선택했다. 또, 일반적으로 'la modernité'는 현대성을 의미하지만 이 글에서는 문맥에 따라 구체적인 것을 지칭할 때도 있어 그런 경우에는 현대적인 것으로 옮겼다. 불어에서 현대적인 것에 해당하는 표현으로 'le moderne'가 있지만 이 글에서는 구체적인 것을 가리키는 단어가 나올 문맥에서도 'la modernité'를 사용하고 있다.

영원한 것을 이끌어 내는 게 관건이다. 우리가 현대 회화 전시회에 눈길을 한번 던져 본다면 인물들을 모두 옛날 의복으로 입혀 놓은, 화가들의 전반적인 경향에 놀라게 될 것이다. 다비드[2]가 로마 시대의 의상과 가구들을 사용했듯, 거의 모두가 르네상스 시대의 의상과 가구들을 사용하고 있다. 그런데 차이점이 있다면, 다비드는 특별히 그리스나 로마 시대의 주제를 선택했기 때문에 그들을 고대 방식으로 입히는 것 외에 달리 방도가 없었음에 반해, 요즘 화가들은 모든 시대에 해당할 만한 보편적인 주제들을 선택하면서 끝끝내 그들에게 중세나 르네상스 혹은 동방[3]의 의상을 입혀 놓는다.[4] 이건 분명 상당한 게으름의 표시다. 아무리 작고 가벼운 아름다움이라 할지라도 그 시대에 담겨질 수 있는 신비한 아름다움을 추출해 내려 애쓰는 것보다, 어느 한 시대의 옷을 입게 되면 모든 것이 전적으로 추하다고 선언하는 것이 훨씬 더 편리하기 때문이다. 현대성이란 일시적인 것, 사라지는 것, 우연한 것이다. 그것은 예술의 반半이다. 나머지 반은 영원한 것, 불변의 것이다. 고대의 각 화가에게도 현대성이 있었다. 우리에게 남겨진 앞선 시대들의 멋지고 훌륭한 초상들 대부분은 그들 시대의 복장을 하고 있다. 그들은 완벽하게 조화로운데 의상, 머리모

양, 그리고 몸짓과 시선, 미소조차도─매 시대마다 고유한 자세, 시선, 미소를 가지고 있다─생기 왕성한 하나의 일체─切를 이루고 있기 때문이다. 여러분은 시시때때로 변하는 이 일시적이고 덧없는 것을 무시할 권한도 없고 그것 없이 지낼 수도 없다. 그것을 없앤다면 여러분은 틀림없이 원죄 이전의 유일한 여자가 지닌 미모처럼 추상적이고 정의할 수 없는 아름다움의 허망함 속으로 빠지리라. 유행에 따른 어쩔 수 없는 속임수라면 모를까, 만일 여러분이 당연히 필요한 그 시대의 의상을 다른 것으로 대체한다면 변명의 여지가 없는 오류를 범하는 것이다. 그러니 여신들, 님프들, 그리고 18세기 회교국의 왕비들은 정신적 차원에서 서로 비슷한 초상화들이다.

고대의 거장들을 연구하는 것이 그림을 배우는 데에 훌륭한 일임에 틀림없지만 여러분이 만일 우리 시대 아름다움의 특성을 이해하는 것을 목표로 한다면 그것은 헛된 일일 뿐이다. 루벤스[5]나 베로네즈[6] 그림 속의 모직물은 여러분에게 '무

*

2. 다비드(Jacques-Louis David, 1744~1825)는 프랑스 화가로 신고전주의의 대가다.

3. 보들레르의 글 속에서 '동양Orient', '동방Orient'이라는 말은 주로 지중해 연안과 동유럽 나라들을 의미한다.

4. 보들레르는 이 문제를 『1859년 살롱』의 6장에서 좀 더 자세히 다루고 있다.

5. 루벤스(Peter Paul Rubens, 1577~1640)는 16~17세기 바로크 화가로 렘브란트(Rembrandt van Rijn, 1606~1669), 베르메르(Jan Vermeer, 1632-1675)와 더불어 플랑드르의 대표적 화가이다.

6. 베로네즈(Paolo Veronese, 1528~1588)는 16세기 이탈리아 르네상스의 대표적 화가이며 이 글 서두에서 언급된 티치아노, 틴토레토(Tintoretto, 이탈리아 본명은 Jacopo di Robusti, 1518~1594)와 함께 베니스에서 활동했다.

아르 앙티크[7]나 '사탱 알 라 렌느'[8] 또는 우리들 공장에서 나오는, 패치코트나 풀 먹인 모슬린 속치마로 균형 잡혀 들어 올려진 또 다른 옷감을 창조해 내는 법을 가르쳐주지 않을 것이다. 요즘 나오는 천의 조직과 질감은 고대 베니스의 직물이나 카트린느 궁정에서 사용되었던[9] 천과는 다르다. 게다가 스커트와 블라우스의 재단이 전혀 다르고 새로운 방식으로 주름이 잡히며 거기에다 요즘 여성의 몸짓과 자세는 자신의 드레스에 옛날 여인들과는 또 다른 생기와 표정을 선사한다. 한마디로 현대적인 것la modernité이 고대 유물이 되기 위해서는 언제나 인간의 삶이 무의식적으로 그 속에 담아 놓은 신비로운 아름다움이 그 현대적인 것에서 추출되었어야 한다. 바로 그 작업이 G 씨가 특히 몰두하는 바이다.

각 시대는 그 시대의 자세, 시선, 몸짓이 있다고 말했다. 이 명제는 특히 거대한 초상화 전시실—예를 들면 베르사이유 궁의 전시실—에서 증명하기 쉽다. 그런데 그 명제의 범위는 더 넓게 확장될 수 있다. 국가라 불리는 단위 속에서도 직업, 계급, 시대에 의해 다양성이 생기는데, 몸짓과 행동거지에서뿐만 아니라 얼굴의 실제적인 형태에 있어서도 그러하다. 여기서 굳이 지정하지는 않겠지만 분명 계산될 수 있는 일정한 어

콩스탕텡 기스, 〈두 명의 고급매춘부〉. 수채물감. 파리의 로널드 데이비스 부인Mme. Ronald Davis 소장. 보들레르가 생전에 소장하고 있었던 그림이다. 보들레르 사후 그의 법적 후견인으로부터 보들레르 연구자인 자크 크레페Jacques Crépet가 구입했고 다시 현재의 소장자에게로 넘겼다.

*

7 무아르moire는 광택과 무광택이 직물 표면에 교대로 나타나게 하여 가로로 물결치는 무늬가 생기면서 빛의 반사가 이리저리 변하게 가공된 천으로, 의복과 가구에 사용된다. 다양한 종류가 있지만 크게 나누자면 무늬가 큰 것을 '무아르 앙티크moire antique'라 하고 무늬가 촘촘한 것을 '무아르 프랑세즈moire française'라 한다.

8. 사텡satin은 비단처럼 매끄럽고 광택이 나게 직조한 천인 새틴을 가리키며 사텡 알 라 렌느satin à la reine는 새틴 6호 방식으로 직조한 새틴의 일종으로 주로 드레스에 사용되는 천이다.

9. '고대 베니스'는 베로네즈와 연결되며 앙리 2세의 왕비였던 카트린느 드 메디시스Catherine de Medicis를 가리키는 '카트린느'는 16세기 말경 사람이니 루벤스와 연결된다. 사실 루벤스와 관련되는 사람은 카트린느보다는 마리 드 메디시스Marie de Medicis인데(마리 드 메디시스는 루벤스의 후원자였고 말년에는 루벤스의 도움을 받아 생활하였다. 루벤스의 걸작 중 하나가 「마리 드 메디시스의 마르세이유 도착The arrival of Marie de Medicis at Marseilles」(1622~1626)이다), 보들레르는 이 부분에서 '카트린느'를 언급하고 있다.

떤 기간 동안은 어떠어떠한 코, 어떠어떠한 입, 어떠어떠한 이마가 가득 채우고 있다. 이런 생각들은 초상화가들에게 익숙하지 않다. 그리고 앵그르 씨[10]의 가장 큰 결점은 자신의 눈앞에서 포즈를 취하고 있는 각 대상에게 고전적 사고 목록에서 빌려 온 꽤 철저한 완벽을 강요하려 했다는 점이다.

이런 분야에서는 '선험적으로 a priori' 추론하는 것이 쉬울 것이고 합당하기조차 할 것이다. 우리가 '영혼'이라고 부르는 것과 '육체'라고 부르는 것 사이의 상관관계는 정신적인 것의 모든 물질적인 것 혹은 정신의 발산물이 어떻게 그것이 유래한 정신적인 것을 재현하고 있고 또 계속 재현할 것인지를 설명해 준다. 참을성 있고 꼼꼼하지만 상상력이 빈약한 어떤 화가가 현 시대의 창녀를 그려야 할 때 티치아노나 라파엘로의 창녀로부터 흔히 쓰는 표현으로 '영감을 얻는다면', 그가 그릇되고 모호하고 알 수 없는 그림을 그리게 되리라는 것은 불 보듯 뻔하다. 그 시대 그 장르의 명작을 연구하는 것은 유행 사전이 차례차례 '부정 탄 여자들', '첩들', '고급 창녀들', '암사슴들'이라는 저속하고 익살스런 표제어하에 분류했던 여자들의 그 어떤 자세도 시선도 얼굴 주름도 생생한 면모도 그에게 가르쳐 주지 않으리라.

군인·댄디 연구, 나아가 개·말 등 동물 연구, 한 세기의 외부 세계를 구성하는 모든 것의 연구에 전적으로 같은 비판을 적용할 수 있다. 고대 문명 속에서 순수 예술, 논리, 보편적 방법 이외의 것을 찾는 자에게 불행 있으리! 그 속에 너무 깊이 빠져들기에 그는 현재의 기억을 잃어버리고 현 상황이 제공하는 가치와 특권을 포기하게 된다. 우리의 거의 모든 독창성은 시간이 우리 감수성에 새겨 놓은 각인刻印에서 유래하기 때문이다. 내가 여자 말고도 수많은 대상에 있어서 내 주장들을 증명할 수 있으리라는 점을 독자는 일찌감치 이해할 것이다. ―내 가정을 극단으로 밀어붙여 본다면― 현대 선박의 검소하고 우아한 **아름다움**을 재현하기 위해 옛 선박의 지나치게 꾸미고 뒤틀린 형태들과 웅장한 뒤태, 16세기의 복잡한 돛들을 연구하느라 눈을 피로하게 하는 해양화가를 여러분은 어떻게 생각하시겠는가? 경마장의 여러 행사에서 이름난 종마의 초상을 부탁했더니 화가가 작품 구상을 미술관 속에서만 하거나 옛 그림 전시실 속, 반 다이크나 부르기농 혹은 반 데

---

*

10. 앵그르(Jean Auguste Dominique Ingres, 1780~1867)는 19세기 프랑스 화가인데 이미 언급된 다비드의 제자이다. 다비드와 마찬가지로 신고전주의의 대가로 알려져 있다.

어 뮐렝[11] 그림 속의 말을 관찰하는 데 만족한다면 그를 어떻게 생각하시겠는가?

G 씨는 본성에 이끌리고 시사時事에 사로잡혀 전혀 다른 길을 따랐다. 그는 먼저 삶을 응시하는 것으로 시작했고 나중에서야 그 삶을 표현하는 방법을 배우려 애썼다. 그 결과 놀랄 만한 독창성이 생겼고 그 독창성 속에 잔존할 수 있는 야만스럽고 천진한 부분은 그가 인상에 충실하고 진실에 봉사했음을 새삼 증명한다. 우리 대부분에게, 특히 자신들의 사업과 유용한 관계가 없다면 '자연'을 보지 못하는 사업가들에게는 실재하는 삶의 환상이 몹시 퇴색되어 있다. G 씨는 그 환상을 끊임없이 흡수한다. 그는 그 환상을 기억하고 그의 눈은 그 환상으로 가득 차 있다.

*

11. 반 다이크(Antoine 또는 Anthony Van Dyck, 1599~1641)와 반 데어 뮐렝(Adam François van der Meulen, 1632~1690)은 네덜란드 출신, 부르기뇽(le Bourguignon, 본명은 Jacques Courtois, 1621~1676)은 프랑스 출신 화가로, 모두 16~17세기 화가들이다. 보들레르는 이미 지나온 시대의 그림을 말하기 위해 이들 이름을 나열한 것으로 보인다.

5

기억술

　'야만'이라는 말은 내 글에 어쩌면 너무 많이 나오는데, 어떤 이들은 이 글에서 그 말이 몇몇 조잡한 데생을 지칭한다고 생각할 수도 있겠다. 감상자의 상상력을 통해서만 완벽한 것으로 바뀌는 조잡한 데생 말이다. 그렇게 생각한다면 내 글을 잘못 이해한 것이다. 나는 완벽한 예술에서 ─멕시코, 이집트, 니니비[1] 등의 예술에서─ 종종 보이는 불가피하고 종합적이며 순진한 야만성에 대해 말하고 있다. 그것은 사물들을 넉넉하게 바라보고 그것들을 그들 전체 속에 두고 보고자 해서 생겨난 것이다. 많은 사람이 종합하고 요약하는 시선을 지닌 화가들을 야만스럽다고 비판하는 점을 여기서 살펴보는 것은 유용하다. 코로[2]의 예를 들 수 있는데, 그는 가장 먼저 풍경의 주요 선들을, 즉 풍경의 뼈대와 표정들을 그리는 데 집중한다. 마찬가지로, G 씨는 자기 자신의 인상을 충실하게 옮겨 놓으

*

1. 니니비(Ninivi, 니네베Nineveh)는 티그리스 강 유역의, 고대 앗시리아 수도이다.
2. 코로(Jean-Baptiste Camille Corot, 1796~1875)는 프랑스 화가이며 미술사에서 신고전주의의 마지막 주자나 인상주의의 선구자로 다루어진다. 풍경화가로 널리 알려져 있으나 그의 인물화 역시 고호, 고갱, 세잔 등에게 영향을 미쳤다.

면서 원초적인 활력으로 어떤 대상의 절정들이나 빛나는 지점들을 —그 지점들은 극적인 감동의 차원에서 절정에 이르거나 빛날 수 있다—, 혹은 그것의 주요한 특성들을 기록하는데 간혹 사람들이 쉽게 기억하도록 과장을 섞기까지 한다. 그리고 감상자의 상상력은 그것대로 이렇게나 강력한 기억술에 따르면서 G 씨의 머릿속에 사물들이 새겨 놓은 인상들을 선명하게 보게 된다. 이때 감상자는 언제나 명료하고 황홀한 번역물[3]의 번역가이다.

외부세계의 이 전설적인 번역에 풍성한 활기를 불어넣는 필요조건이 하나 있다. G 씨의 데생 방식을 말하는 것이다. 급히 서둘러 기록하고 어떤 주제의 주요 선들을 정해야 하는 긴급한 경우—예를 들어, 크림전쟁[4]처럼—를 제외하고는 그는 모델을 따르지 않고 기억으로 데생을 한다. 사실 훌륭하고 진정한 모든 데생 화가들은 그들 머릿속에 기록된 이미지를 바탕으로 데생하지 자연을 따라 데생하지는 않는다. 만일 누군가가 라파엘로, 와토,[5] 그리고 또 여러 다른 이들의 경탄할 만한 크로키를 들이대며 우리 생각에 반박한다면 그 그림들이 매우 상세한 메모라는 점은 사실이라고, 그렇지만 단순한 메모일 뿐이라고 우리는 말하리라. 진정한 예술가가 자신의 작품을 마지막으로 손보게 될 때 모델은 그에게 도움이 되기는커녕 오히려 하나의 **방해물**이 된다. 오래 전부터 자신의 기억력을 훈련시켜 그 속에 이미지들을 채우는 데 익숙한 도미에와 G 씨 같은 사람은 모델과 그 모델이 지닌 수많은 세부détails 앞에서 자신의 주요 자질들이 흔들리고 마비되는 것을 발견할 때조차도 있다.

따라서 모든 것을 보고 아무것도 잊지 않고자 하는 의지와, 습관적으로 전체적인 색채와 실루엣, 윤곽의 아라베스크를 생생하게 흡수하는 습관이 있는 기억력 사이에 양자 대결이 생겨난다. 형태에 대한 완벽한 감수성을 지니면서도 특별히 자신의 기억력과 상상력을 훈련시키는 데 익숙한 예술가는 세부의 폭동에 시달린다. 절대적인 평등을 좋아하는 군중들이 그러는 것처럼 그 세부들은 모두 격분하여 정의를 요구한다. 정의 전체가 불가피하게 침범당하고 하모니 전체가 망

*
3. 프랑스어에서 '번역traduction'이라는 말은 우리말의 '번역'보다 더 보편적인 단어로, '표현', '해석'의 의미까지 내포하고 있다. 보들레르는 자주 이렇게 넓은 의미로 '번역'이라는 말을 사용한다.
4. 크림전쟁은 크림반도를 중심으로 1853년에 발발하여 1856년 파리 조약으로 끝나는 전쟁인데, 나이팅게일의 활약으로도 유명하다. 러시아의 터키 내정간섭이 원인이었으며 러시아에 대항하여 터키, 영국, 프랑스, 사르데냐가 연합하여 싸웠다. 이 전쟁에서 러시아가 패함으로써 러시아의 동방정책이 결정적으로 쇠퇴하게 된다.
5. 와토(Jean Antoine Watteau, 1684~1721)는 18세기 프랑스 화가로, 루벤스, 베로네즈, 티치아노 등의 영향을 받았으며 로코코 스타일의 대가로 평가받는다.

가지고 희생된다. 수많은 세세한 것이 거대해지고 수많은 자질구레한 것들이 왕위를 가로챈다. 예술가가 공평하게 세부에 관심을 기울일수록 무정부 상태는 심해진다. 그가 근시이건 노안이건 위계질서와 종속 관계가 전부 사라진다. 요즘 떠오르는 화가들 중 한 사람의 작품 속에서 흔히 목격되는 일이다. 게다가 그의 여러 결점은 군중의 여러 결점과 정말 잘 들어맞아서 유난히 그의 인기를 드높인다. 동일한 유추가 배우들의 예술에도 적용될 수 있으리라. 그렇게나 신비하고 깊이 있는 이 예술은 오늘날 쇠락의 혼돈 속에 빠져 있다. 프레데릭 르메트르 씨[6]는 풍부하고 폭넓은 재능으로 하나의 인물을 창조한다. 그의 눈부신 세부 연기가 아무리 높이 평가된다 해도 그는 언제나 종합적이며 조각처럼 딱 떨어진다. 부페 씨[7]는 근시안적이고 관료적인 치밀함으로 자신의 역할들을 창조한다. 그에게서 모든 것이 분출되지만 아무것도 보이지는 않는다. 기억력이 아무것도 간직하려고 하지 않는다.

그처럼 G 씨의 작업에는 두 가지가 엿보인다. 그 하나는 부활시키고 환기시키는 기억력의 긴장이다. "나사로야 일어나라"[8]고 사물 각각에게 말하는 기억력 말이다. 다른 하나는 거의 발작에 가까운 하나의 불길인 연필과 붓의 취기이다. 그것은 충분히 빨리 가지 못할까 봐, 종합하고 파악하기도 전에 환영을 놓칠까 봐 느끼는 두려움이다. 모든 위대한 예술가들을 사로잡고 있는 것은 그런 끔찍한 공포이다. 그 때문에 그들은 그토록 열렬히 모든 표현수단을 익히려 한다. 다시는 손의 망설임 때문에 정신의 명령들이 변질되지 않도록, 그리고 마침내 건강한 사람이 저녁 식사를 소화시킬 때처럼 작품제작이, 그 이상적인 작품제작이 무의식적이고 자연스레 흐르는 듯이 진행될 수 있도록 말이다. G 씨는 화폭 속에 연필로 가볍게 사물들이 위치해야 할 자리만 표시하는 것으로 시작한다. 그 다음에 주요 구도들을 담채로 대강 그리는데, 우선 큰 덩어리들을 옅고 어렴풋한 색상으로 칠하며 나중에 이것들을 연이어 좀 더 진한 색채들로 덧칠한다. 마지막에는 잉크로 사물들의 윤곽선을 확실하게 그려 넣는다. 이렇게 단순하고 기초적이다시피 한 방식으로 획득된 놀라운 효과는 직접

---

*

6. 프레데릭 르메트르(Frédérick Lemaître, 본명은 Antoine Louis Prosper, 1800~1876)는 프랑스의 배우로, 1823년 『아드레씨네 여관 *L'Auberge des Adrets*』의 마케르 Macaire 역할로 데뷔하여 멜로드라마, 낭만극, 셰익스피어극 모두에서 뛰어난 기량을 선보였다.
7. 부페(Bouffé, 1800~1888)는 당시 대중들에게 가장 인기 있는 배우 중 한 사람이었다.
8. 신약성경의 요한복음 11장 1~44절에서 등장하는 나사로의 일화를 암시한다. 예수가 "나사로야 나오라"고 하자 그는 죽은 지 나흘 만에 돌무덤에서 살아 나왔다.

보지 않고서는 짐작하기 어려우리라. 이 방법은 그것의 각 단계 어디에서든 충분히 완성된 느낌을 준다는 비길 데 없는 장점이 있다. 여러분은 이런 것을 밑그림이라고 부를 수도 있으리라. 단, 완벽한 밑그림이라 불러야 할 것이다. 그 속에서 모든 색가色價들이 아주 잘 어울리고 그가 그것들을 좀 더 밀고 나가기를 원한다면 그 색가들은 언제나 원하는 완벽함을 향해 나아가리라. 그런 식으로 그는 자신에게도 흥겹고 즐거운 충동과 기쁨을 느끼며 스무 편의 데생을 동시에 완성한다. 크로키 작품은 몇 십 편, 몇 백 편, 몇 천 편으로 겹치며 쌓여 간다. 가끔 그는 그것들을 훑어보고 넘겨보고 검토하고 나서는 몇 편을 골라 어느 정도 밀도를 높이고 음영을 강조하고 밝은 부분을 점진적으로 환하게 만든다.

그는 그림 바탕을 굉장히 중요하게 여기는데, 기운이 넘치면서도 가벼운 그 바탕들은 언제나 그림 속 인물들에게 적합한 특질과 성질을 띠고 있다. 연구에 의하기보다는 본능에서 길러진 자질로써 그는 색조의 변화나 전체적인 조화를 철저하게 살펴본다. G 씨는 천성적으로 이 신기한 색채 화가로서의 재능을 타고났기 때문이다. 연습으로 키워질 수 있을지언정 연습만으로 생길 수는 없는 이 재능이 진정한 신의 선물이라 나는 생각한다. 이 모두를 한마디로 한다면, 우리의 독특한 예술가는 사람들의 몸짓과 장엄하거나 기괴한 태도를 표현함과 동시에, 공간 속에서 빛으로 뿜어지는 그들의 모습을 표현한다고 하겠다.

6

전쟁의 연대기

불가리아, 터키, 크림, 스페인은 G 씨의 눈에는 성대한 축제의 장이었다. 아니, 우리가 G 씨라고 부르기로 합의한 가상의 예술가의 눈에 그렇다는 말이다. 겸손한 그를 좀 더 안심시킬 수 있도록 G 씨라는 사람은 실재하지 않는다고 가정하겠다던 약속이 가끔 떠오르니까. 그의 동방 전쟁 기록들을—음산한 잔해들이 흩뿌려진 전장戰場, 군수품을 실어 나르는 수레의 행렬, 가축들과 말들의 승선乘船—, 삶 그 자체를 그대로 베낀 생생하고 놀라운 장면들을 나는 열람했다. 같은 상황에 처했다면 명망 있는 수많은 화가들이 경솔하게 무시해 버렸을, 희귀한 아름다움을 지닌 그 요소들을 말이다. 그렇지만 오라스 베르네[1]는 기꺼이 거기에서 제외시키겠다. 그를 단지 삶의 자료 보관인으로만 보지 않는다면, 화가다운 화가라기보다는 진정한 연대기 작가인 그와 좀 더 섬세한 예술가인 G 씨는 명백히 연관이 있다. 그 어떤 신문도, 어떤 글도, 어떤 책도 크림

전쟁이라는 이 웅장한 서사시를 그 고통스러운 세부를 살려 그렇게 끔찍하게 소상히 잘 표현하지 못했다고 나는 단언할 수 있다. 눈은 차례차례로 다뉴브[2] 강가를, 보스포로스 해협[3]의 연안을, 케르손 갑岬[4]을, 발라클라바 평원[5]을, 인케르만[6] 벌판을, 영국·프랑스·터키·피에몬테[7] 야영 캠프들 사이를, 콘스탄티노플[8]의 여러 거리들을, 병원들을, 종교와 군대의 모든 장엄한 의식儀式들 속을 거닌다.

내 머릿속에 가장 잘 새겨진 그림들 중 하나가 「지브롤터[9]의 주교에 의한 스쿠타리[10] 장례지의 봉헌식Consécration d'un

---

1. 오라스 베르네(Horace Vernet, 1789~1863)는 당시 매우 인기 있는 화가였다. 나폴레옹주의자인 그는 주로 바다와 전쟁을 그렸는데, 보들레르는 『1846년 살롱』에서 그를 다루면서 "오라스 베르네 씨는 그림을 그리는 군인이다"고 표현하기도 했다. 후일 나폴레옹 3세의 공식 화가가 된다.
2. 다뉴브Danube 강은 남부 독일에서 시작되어 흑해로 흘러드는 강으로 중부 유럽, 동유럽의 수많은 국가에 걸쳐 있다.
3. 보스포로스 해협(Bosphoros, 프랑스어로는 Bosphore)은 터키에 위치한, 흑해la mer Noire와 마르마라해la mer de Marmara를 연결하는 해협이다.
4. 케르손(Kerson, 헤르손 Kherson) 갑岬은 크림반도 바로 위쪽에 위치하고 있다.
5. 발라클라바Balaklava 평원은 크림전쟁의 한 장소이다.
6. 인케르만Inkermann은 크림전쟁 중 영국-프랑스 연합군이 러시아군에 맞서 가장 치열하게 싸워 이겼던 지역이다.
7. 피에몬테 Piedmont는 이탈리아의 한 지방 이름이다.
8. 콘스탄티노플Constatinople은 비잔틴 제국(395~1453)과 오스만투르크 제국(1299~1923)의 수도(오스만투르크 제국의 경우 1453년부터)로, 보스포로스 해협과 마르마라 해의 유럽쪽 연안에 위치하고 있다.
9. 지브롤터 Gibraltar는 리베리아 반도 남서쪽 끝부분 지역으로 영국 직할령이다. 지중해와 대서양이 만나는 지브롤터 해협을 두고 북아프리카의 모로코와 마주하고 있다.

콩스탕텡 기스, 〈카디쿨리 교회에 이르는 발라클라바 철도〉, 1855년 3월 2일, 크림에서 제작됨. 펜과 잉크, 세피아와 수채 물감. 파리의 프로스트 부인Mme. J.C. Prost 소장.

terrain funèbre à Scutari par l'évêque de Gibraltar」[11]이다. 주변의 동양 적인 풍광과 참석자들의 서구적인 몸짓과 제복이 대조적이 어서 눈에 확 들어오는 이 장면은 인상적이고 암시적이며 거 친 방식으로 꿈결처럼 표현되었다. 병사들과 장교들은 잊히 지 않을, 단호하고 조심성 있는 신사gentlemen의 분위기를 풍 기는데, 세상 끝에서도, 케이프타운Cap 식민지 내의 주둔지와 인도 식민지 내에서도 그렇다. 영국 목사들은, 챙 없는 둥근 모자를 쓰고 커다란 주름 깃이 달린 옷을 입었을 집달관과 환

콩스탕텡 기스, 〈발라클라바 평원에서 체포되어 영국의 기병들에 의해 비누와
장군General Vinois에게 끌려간 포로들 혹은 탈영병들〉. 펜, 잉크, 수채 물감. 파
리의 프로스트 부인 소장.

전업자를 어렴풋이 떠올리게 한다.

이제 우리는 슘라Schumla에 있는 오메르 파샤[12]Omer-Pacha의
집에 있다.[13] 터키 식의 환대, 파이프 담배와 커피가 있다. 손
님들은 모두 기다란 의자 위에 자리 잡고선 입에 사르바칸[14]

*

10. 스쿠타리Scutari는 오늘날 위스키다르Üsküdar로 불리는 지역이다. 터키 이스
    탄불 주州에 있는 도시로 보스포로스 해협을 사이에 두고 이스탄불 지구와 마
    주하고 있다. 크림전쟁 당시 영국군 요새와 나이팅게일이 지휘하던 야전병원
    등이 있었던 곳이다.
11. 『런던화보뉴스』 1855년 6월 9일자에 실렸던 그림이다. 보들레르는 원작을
    봤던 것으로 추정된다.
12. 파샤Pacha는 오스만투르크 제국에서 문무 고위관리에게 주어지는 명예로운
    호칭이다.
13. 이 그림은 『런던화보뉴스』 1854년 3월 4일자에 실렸다.

처럼 긴 파이프를 물고 있는데 담배통은 그들 발치에 놓여 있다. 「스쿠타리의 크루드 족Kurdes à Scutari」[15]을 보자. 이 낯선 부대의 모습에 야만 유목민의 침공이 머릿속에 그려진다. 여기 유럽 장교들과 함께 있는 바쉬-부즈크[16]들은 그만큼 생경한데, 헝가리나 폴란드 출신의 유럽 장교들이 댄디의 모습을 하고 있어서 그들 병사의 야릇하게 동양적인 특성과는 희한한 대조를 이룬다.

단 한 인물만이 우뚝 서 있는 훌륭한 데생 작품 하나가 보이는데 그 인물은 키가 크고 건장하며 사려 깊게도, 태평하게도, 대담하게도 보인다. 커다란 군화가 무릎 위까지 올라와 있다. 그의 군복은 촘촘히 단추로 채워져 있는 무겁고 품이 넉넉한 외투에 가려져 있다. 담배 연기 사이로 그는 안개가 낀 을씨년스러운 지평선을 바라본다. 부상당한 한쪽 팔은 목걸이형 훈장의 끈 위에 놓여 있다. 아랫부분에서 나는 "인케르만 전장의 캉로베르[17]Canrobert on the battle field of Inkermann. 현장에서 그림"이라고 연필로 갈겨 쓴 글귀를 읽는다.

하얀 콧수염을 한, 이토록 표정이 생생하게 그려진 이 기병은 누구인가? 발은 공중으로 들리고 얼굴은 경련으로 떨리는 괴상한 자세로 겹겹이 쌓인 시체들 사이에서 자신의 말이 흙

냄새를 맡으며 제 갈 길을 찾고 있는 사이, 그는 얼굴을 치켜들고 전장의 끔찍한 시詩를 들이마시고 있는 듯하다. 그림 아래 구석에서 "인케르만에서의 나*Myself at Inkermann*"라는 글귀를 읽을 수 있다.

터키군 사령관과 함께 베시크타슈Béchichtash의 포병대를 사열하는 바라구에-딜리에[18] 씨가 얼핏 보인다. 나는 그보다 더 과감하고 더 정신적인 손길로 새겨진, 그보다 더 실물과 흡사한 전쟁 인물화를 보지 못했다.

시리아의 환란[19] 이후 끔찍이도 유명해진 이름 하나가 내 눈앞에 있다. 「칼라파트의 총지휘관 아흐메트-파샤가 참모와 함께 자신의 오두막 앞에 서서 유럽 장교 둘의 소개를 듣다Achmet-Pacha, général en chef à Kalafat, debout devant sa hutte avec

---

*

14. 사르바칸la sarbacane은 속이 비어 있는 튜브이다. 입으로 불어서 작은 물건을 날려버릴 수 있는 기구로, 무기나 장난감으로 사용된다.

15. 이 그림은 『런던화보뉴스』 1854년 6월 24일자에 실렸다.

16. 바쉬-부즈크le bachi-bouzouck는 옛 터키의 비정규병들을 일컫는다.

17. 캉로베르(François Certain Canrobert, 1809~1895)는 프랑스군의 지휘관으로 크림 전쟁에서 큰 활약을 하여 이 전쟁이 끝난 후 총사령관에 오른 인물이다. 특히 인케르만 전투에서 명성을 얻었다.

18. 바라구에-딜리에(Achille Baraguay-d'Hilliers, 1795~1878) 백작은 프랑스의 군인으로 스페인 원정(1823), 알제리 정복(1830) 후 사령관에 올랐고 제2제정 당시의 여러 전쟁, 특히 크림전쟁과 이탈리아 원정(1859)에서 두각을 나타냈다.

19. 1860년 7월에 일어난, 드루즈 족les Druses과 아흐메트-파샤Achmet-Pacha가 이끄는 바쉬-부즈크에 의한 마론교도(les Maronites, 레바논 지방의 가톨릭교도)의 학살을 일컫는다.

son état-major, se fait présenter deux officiers européens」. 터키인답게 배가 몹시 나왔지만 아흐메트-파샤는 태도와 얼굴에서 대개 지배 종족의 전유물인 귀족적인 풍채를 지니고 있다.

발라클라바 전투는 이 기묘한 화첩에 서로 다른 모습으로 여러 번 등장한다. 가장 인상적인 것 중 하나가 바로 여왕[20]의 시인인 알프레드 테니슨의 영웅적인 나팔로 연주된 역사적인 기병 진군 음악이다.[21] 기병들의 무리가 대포의 무거운 운무雲霧 사이로 지평선까지 굉장한 속도로 달려간다. 뒤쪽으로는 푸른 언덕의 선이 풍경을 가로지른다.

가끔 종교화들이 이 모든 화약 날리는 혼돈과 살인적인 소용돌이에 슬퍼하는 눈을 쉬게 한다. 각종 무기를 지닌 영국 병사들이 있고 그들 중에 부풀린 치마를 입은 스코틀랜드인의 특이한 군복이 눈에 띄는데, 이들 사이에서 성공회 사제가 일요 미사 기도문을 낭독한다. 두 개 위에 하나가 올려진 세 개의 북이 탁자 역할을 한다.[22]

그토록 광범위하고 복잡한 수많은 크로키로 이루어진 이 시詩를 번역하기에는, 백여 장의 종이 위에 쌓인, 종종 고통스럽긴 해도 전혀 추루성은 없는 이 모든 생생한 광경에서 발산되는 취기醉氣, l'ivresse를 표현하기에는 실로 일개의 펜은 역부

족이다. 얼룩지고 찢겨진 그 종이들의 모습은 그것대로 이 화가가 낮 동안의 기억을 쏟아내던 환경이 얼마나 불안하고 소란스러웠는지 말해 준다. 판화가들과 『런던화보뉴스』 구독자들이 애타게 기다리던 G 씨의 기록들과 데생 작품들은 저녁 즈음 런던으로 발송되는데, 어니언스킨지[23]에 즉흥적으로 그려진 크로키가 열 편도 더 되곤 한다.

어떤 때는 그 공기 자체가 아프고 슬프고 무거워 보이는 이동 야전병원이 등장하기도 한다. 그곳의 침대 하나하나는 하나씩의 고통을 담고 있다. 또 어떤 때는 페라Péra의 병원이 보인다. 그 속에 르지외르[24] 작품 속 인물들처럼 키 크고 창백하고 꼿꼿한 두 자선 수녀들과 이야기를 나누는 초라한 옷차림의 방문객이 보이는데, 그림 밑에 "보잘 것 없는 나My humble self"라고 쓰여 있다. 이제는 이미 지나간 어떤 전투의 파편들이 흩뿌려진 험하고 구부러진 오솔길들 위에 당나귀, 수노새,

*

20. 19세기 후반(재위 기간: 1837~1901) 영국의 번영을 이끌었던 빅토리아 여왕 (Queen Victoria, 1819~1901)을 가리키는 것으로 추정된다.

21. 테니슨(Alfred Tennyson, 1809~1892)의 유명한 시, 「쾌활한 여단의 진군나팔The charge of the Light Brigade」을 암시한다. 테니슨은 보들레르가 많이 인용하는 영국 계관시인이다.

22. 이 그림은 『런던화보뉴스』 1855년 4월 7일자에 실렸다.

23. '어니언스킨onionskin지紙'는 얇고 반투명한 종이로, 주로 타이프 용지로 사용된다.

24. 보들레르는 'Lesueur'라고 쓰고 있는데, 17세기 프랑스 화가 르 지외르 (Eustache Le Sueur, 1617~1655)를 가리키는 것으로 추정된다. 르 지외르는 간결하고 은은하게 빛나는 작품들로 유명하다.

콩스탕탱 기스, 〈보잘 것 없는 나〉. 펜과 담채. 파리의 장식미술박물관Musée des Arts Décoratifs 소장. 콩스탕탱 기스가 페타의 병원에서 두 명의 수녀와 얘기를 하고 있는 모습을 담고 있다.

말 같은 짐승들이 허리 양 옆에 매달린 허술한 의자에 창백하고 생기 없는 부상자들을 싣고서 천천히 지나간다. 광활한 눈밭 위로는 타타르인들[25]이 부리는 낙타들이 가슴을 쫙 펴고 머리를 치켜들고서는 각종 비상식량이나 군수품을 끌고 있다. 이것이 생생하고 분주하고 고요한 전장의 모든 모습이다. 이것은 야영지들, 상황 따라 즉흥적으로 만들어진 천박한 도시들과도 같은, 모든 생필품의 편린들이 널려 있는 시장들이다. 이런 막사들 너머로, 돌과 눈이 뒤섞인 길들 위로, 이런 행군들 속에 전쟁으로 좀 헐고 두꺼운 털외투와 무거운 군화 때문에 변형된 여러 나라의 군복들이 오고간다.

이제는 여러 지역에 흩어져 있고 몇몇 페이지들은 그림을 새길 판화가들이나 『런던화보뉴스』편집자들이 지니고 있는 이 화첩을 나폴레옹이 보지 않았다는 것은 유감이다. 그는 이 군인 화가의 그토록 탄탄하고 지능적인 손에 의해 삶의 가장 빛나는 행적으로부터 가장 비루한 일들까지 모든 것이 날마다 세세하게 표현된 자기 병사들의 활동과 행동을 호의를 갖고 연민도 느끼면서 검토했으리라 생각한다.

*
25. 타타르인les Tartares은 터키, 몽고 사람을 말한다.

7

화려한 의식과 성대한 축제

〈바이람 축제에서 술탄의 행진〉. 콩스탕탱 기스가 콘스탄티노플에서 그린 그림
을 바탕으로 제작된 목판화. 『런던화보뉴스』 1854년 7월 29일자에 게재됨. 기
스의 그림이 최종적으로 어떻게 출간되는지를 보여 주는 대표작이다. 바이람
축제는 라마단의 끝을 기념하여 3일간 계속되는 축제이다.

터키 역시 친애하는 우리의 G 씨에게 경탄할 만한 소재들을 제공했다. 강렬하고 넘쳐흐르는 광채, 바이람 축제들,[1] 그 배경에는 죽은 술탄[2]의 익숙한 권태가 창백한 태양처럼 드리워져 있다. 군주의 왼쪽에는 모든 관료들이, 오른쪽에는 모든 장교들이 자리 잡고 있는데 장교들 맨 앞에는 당시 콘스탄티노플에 머물고 있던 이집트 술탄인 사이드-파샤Saïd-Pacha가 있다. 궁전 옆의 작은 이슬람 사원을 향해 줄지어가는 수행원들과 장엄한 행렬들,[3] 그 군중들 사이로는 데카당스[4]의 진정한 풍자화인 터키 관리들이 터무니없이 살찐 몸으로 멋진 말들을 짓누르고 있다. 루이 14세 식 사륜마차와도 같이 육중하고 거대한, 동방東方 식으로 화려하게 도금되고 장식된 마차들, 그 마차 속에서 이따금 예상 외의 여성스러운 시선이 얼

---

*

1. 바이람Baïram은 라마단(Ramadan : 해가 뜬 이후부터 질 때까지 단식을 하는 회교도의 금식 기간)의 마지막을 장식하는 축제이다. 콩스탕텡 기스는 이 그림을 『런던화보뉴스』1854년 7월 29일자에 실었다.
2. 이슬람국의 군주를 가리키는 말이며 특별히 1922년 이전의 터키 황제를 가리키기도 한다.
3. 「토판느 사원에서의 라마단, 콘스탄티노플Ramadhan in the Mosque of Tophane, Constantinople」이라는 그림이다. 현재는 영국박물관British Museum에 소장되어 있다.
4. 정치, 예술 분야의 '쇠락' 또는 '조락'을 의미하는 '데카당스'는 역사적으로는 원래 로마제국 말기를 가리켰으나 보들레르와 베를렌느의 영향을 받은 19세기 후반 프랑스 작가들의 전반적 경향을 일컫는 말로 재사용되면서 널리 퍼졌다. 여기서는 당시 유럽 사회에 나타나던 퇴폐, 조락의 경향을 일컫는 것으로 볼 수 있다.

굴에 바짝 붙은 모슬린 띠 사이의 눈만 겨우 드러나는 구멍을 통과해 나온다. '제3의 성性'을 가진 —발자크의 이 익살스런 표현이 이처럼 잘 맞아떨어진 적이 없었다. 이 떨리는 섬광의 꿈틀거림에서, 이 풍성한 의상의 흔들림에서, 두 뺨과 두 눈과 속눈썹의 이 눈부신 화장에서, 히스테릭하고 발작적인 몸동작에서, 허리 뒤로 찰랑이는 이 긴 머리칼에서 남성성을 감지하기가 불가능하지는 않더라도 힘들 것이기 때문이다— 무용수들의 격렬한 춤. 마지막으로 매춘부들이 —'매춘'이라는 말을 동방에 대해서도 사용할 수 있다면 말이다— 보인다. 이들은 대개 헝가리인, 발라키아인[5] 유대인, 폴란드인, 그리스인, 아르메니아인들인데, 전제적인 정부政府하에서는 핍박받는 종족들, 그중에서도 가장 고통 받는 종족들이 매춘을 할 수밖에 없기 때문이다. 이들 중 몇몇은 자기 나라의 옷을 그대로 입고 있는데 수놓아진 반팔 웃옷에 스카프는 길게 늘어뜨리고 통 넓은 바지, 접혀진 가죽신, 줄무늬가 있거나 금실로 짠 모슬린, 그밖에 조국의 온갖 번쩍이는 장식들을 하고 있다. 더 많은 여자들은 문명의 주요 표지를 선택했다. 여자에게 문명의 표지란 천편일률적으로 크리놀린[6]인데, 그것을 입었어도 이 여자들은 동방의 특징적인 흔적을 다소 지니고 있어서 마치 변장

콘스탕텡 기스, 〈마차 속 술탄의 부인들〉. 펜과 수채 물감. 파리의 장식미술박물관 소장.

을 시도한 파리 여인들 같다.

　G 씨는 호사스러운 공식 행사들, 화려하고 성대한 국가 의식들을 그리는 데 탁월하며, 작품을 돈벌이가 되는 노동으로만 여기는 화가들이 그리하듯 그것들을 평면적이거나 교훈적으로 그리는 대신 공간과 원근법에 몰두하여, 또한 층지거나 폭발하는 빛에, 까다로운 궁정의 제복과 드레스의 울퉁불퉁한 표면에 반점이나 섬광으로 비춰지는 빛에 푹 빠져 열정적으로 그린다. 「아테네 대성당에서의 독립 기념 축제La fête

*
5. 발라키아la Valachie는 루마니아의 옛 공국이다.
6. 크리놀린la crinoline은 말총을 섞어 짠 새장 모양의 목면 패치코트로, 크게 부풀린 드레스인데 19세기 중후반 유럽에서 크게 유행하였다.

commémorative de l'indépendance dans la cathédrale d'Athènes」[7]는 그런 재능의 희귀한 예이다. 제각기 자신에게 딱 맞는 자리를 차지하고 있는 이 작은 인물들은 모두 그들이 놓여 있는 공간을 더욱 깊게 만든다. 거대한 대성당은 장엄한 장막으로 장식되어 있다. 단상 위에 서 있는 오톤 왕le roi Othon과 그 왕비는 마치 자신들의 '입양'[8]의 신실성과 그리스에 대한 가장 세련된 애국심을 증명해 보이기 위해서인 듯 놀랄 만큼 편하게 그리스 전통 의상을 걸치고 있다. 왕은 가장 멋진 팔리카르[9]처럼 허리에 가죽 띠를 두르고 있고 그 치마는 국내 최고 댄디처럼 과도하게 나팔 모양으로 펼쳐져 있다. 그들 앞으로 어깨가 구부정하고 흰 수염을 한 그리스 정교 총주교가 다가서고 있다. 녹색 안경이 눈을 가리고 있는 그는 자신의 전 존재로 노련하게 동방 식의 침착성을 보여 주고 있다. 이 작품을 채우고 있는 모든 인물들은 실물과 흡사하다. 가장 그리스적이지 않은 외모 때문에 가장 기묘하게 보이는 인물은 여왕 옆에 자신의 하인과 함께 있는 어느 독일 부인이다.

G 씨의 컬렉션 속에서 우리는 자주 프랑스 황제[10]를 만나는데, G 씨는 실물과 닮게 하면서도 황제의 모습을 실수 없이 하나의 크로키로 잘 축약했고 위조 방지 표시를 하듯 확실

콩스탕탱 기스, 〈산책 중인 터키 여인들〉. 벨렝지에 수채 물감, 연필, 잉크. 파리의 카르나발레 박물관 소장. 1860년 새해 선물로 보들레르가 어머니에게 준 그림. 보들레르 사후 어머니는 작가 바르비 도르빌리Barbey d'Aurevilly에게 이 그림을 주었고 그는 이 그림에 늘 감탄했다고 한다.

*

7. 이 그림은 『런던화보뉴스』 1854년 5월 20일자에 실렸다.

8. 그리스는 영국, 프랑스, 러시아 세 나라의 연합군에 의해 터키로부터 독립할수 있었으나 곧 이 세 나라의 간섭을 받게 된다. 찰스부르크에서 태어난 바이에른의 왕자 오톤 왕(Othon, Otton, 1815~1867)은 런던 결의서에 따라 1832년부터 1862년까지 그리스를 다스렸다. 시간이 흐르면서 정치권력으로부터 소외된 그리스인들의 봉기가 계속되자 1844년 헌법을 제정해야 했다. 결국 오톤왕은 1862년 왕위에서 물러나게 된다. 여기서는 바이에른 출신 왕자가 그리스의 왕위에 오른 것을 두고 '입양'이라는 표현을 쓰고 있다.

9. 팔리카르le palikare는 독립운동을 하던 그리스의 산악 빨치산 이름이다.

10. 나폴레옹을 가리킨다.

하게 제작했다. 때로 황제는 그 특성이 쉽게 드러나는 장교들 또는 유럽, 아시아, 아프리카 왕자들과 같은 이방의 왕자들을 거느리고 전속력으로 말을 달리면서 열병식을 한다. 그런 식으로 그는 말하자면 파리를 보여 주며 이방의 왕자들을 환대한다. 간혹 그는 테이블의 네 다리처럼 다리를 고정한 말을 타고선 아무런 움직임을 보이지 않는데 그 왼편에는 승마복을 입은 황후가, 오른편에는 우뚝 서 있는 어린 말 위에 깃털 모자를 쓰고 군인처럼 앉아 있는 제국의 어린 왕자가 있다. 왕자의 말은 영국 화가들이 기꺼이 자신의 풍경화 속으로 내달리게 하는 조랑말과 같다. 때로는 불로뉴 숲Bois de Boulogne의 오솔길들 속에서 황제는 빛과 먼지의 소용돌이 가운데로 사라지기도 한다. 또 어떤 때는 포부르 생-앙트완느 가街의 환호성을 가로질러 천천히 산책하기도 한다. 특히 이런 수채화 중 하나가 그 마술적인 분위기로 내 마음을 사로잡았다. 무척 호화롭고 화려한 극장 칸막이석 난간 쪽으로 황후가 조용히 평온한 모습으로 등장한다. 황후는 연극을 좀 더 잘 보기 위해서인지 몸을 약간 숙인다. 그 아래에는 2백 명의 호위대가 거의 종교적인 엄숙함을 띠고 군인다운 부동자세로 서 있다. 그들의 윤기 흐르는 제복 위로 무대의 풋라이트가 비친다. 빛의 띠 뒤로 무대의 환상적인 분위기 속에서 배우들은 조화롭게 노래하고 읊조리고 동작을 선보인다. 그 다른 쪽에서는 흐릿한 빛의 심연 속에서 층층이 인간 형상으로 가득 찬 둥그런 공간이 있다. 바로 샹들리에와 관객이다.

민중운동들, 클럽들, 1848년의 성대한 축제들에서도 G 씨의 생생한 작품들이 잇따라 탄생했고 그 대부분이 판화로 제작되어 『런던화보뉴스』에 실렸다. 몇 해 전 스페인 체류에서 영감을 많이 얻은 후 그는 그와 비슷한 화집을 제작하기도 했는데, 나는 일부 밖에는 보지 못했다. 아무런 걱정 없이 자신의 데생을 주거나 빌려주기에 그는 작품을 영영 잃어버리기 일쑤다.

8

군인

　다시 한 번 이 화가가 좋아하는 종류의 주제를 명시하자면, 문명화된 세계의 여러 수도首都에서 행해지는 있는 그대로의 삶의 화려함이라 말하겠다. 군 생활, 사교계 생활, 연애 생활의 화려함 말이다. 우리의 관찰자는 깊고 격렬한 욕망들이 흐르는 곳이면 어디든, 인간적인 심성을 지닌 오리노코 강[1]들, 전쟁, 사랑, 도박이 흐르는 곳이라면 어디든, 행복과 불운의 중요한 요소들을 펼쳐 보이는 축제들과 픽션들이 파도치는 곳이라면 어디든 언제나 정확하게 자신의 자리를 지키고 있다. 그렇지만 그가 특히 군인, 병사를 좋아한다는 것이 매우 뚜렷하게 드러나는데, 이런 편애는 전사의 영혼에서 그의 행위와 얼굴로 옮겨지게 마련인 여러 덕성과 품성에서 기인할 뿐 아니라 군인이라는 직업 때문에 그들이 하고 있는 여러 화려한 몸치장에 기인하기도 하는 것 같다. 모든 정부政府가 즐겨 자신의 군대에 멋진 의복을 입힌다. 폴 드 몰렌느 씨[2]는 군인들의 멋 부리기와 그 윤기 나는 의복의 정신적 의미에 대해 이치에 맞으면서도 매혹적인 글 몇 페이지를 썼다. G 씨는 그 글 끝에 기꺼이 자신의 서명을 넣었으리라.

우리는 이미 각 시대의 특수한 미美의 특징에 대해 이야기 했다. 그리고 각 세기는 말하자면 제각기 독창적인 우아함을 지니고 있음을 살펴보았다. 직업에 대해서도 같은 얘기를 할 수 있다. 각 직업은 자신이 따르고 있는 여러 윤리적 법도에서 자신의 외면적 아름다움을 이끌어 낸다. 어떤 직업에서는 이 아름다움이 원기 왕성함으로 표가 날 것이고, 또 다른 직업에서는 이 아름다움이 한가로움의 뚜렷한 징조들로 드러날 것이다. 그것은 기질의 상징과도 같고 숙명이 찍어 놓은 낙인과도 같다. 댄디와 고급 창녀가 자신의 아름다움을 지니고 있듯 군인도 일반적으로 자신의 아름다움을, 본질적으로 또 다른 풍미의 아름다움을 지니고 있다. 근육을 뒤틀리게 하고 얼굴에 굴욕의 흔적을 남기는, 배타적이고 거친 훈련을 하는 직업을 아름다움에 관한 논의에서 제쳐두는 것은 당연하다고

*

1. 오리노코 강(Orénoque, 스페인어로는 Orinoco)은 콜롬비아와 베네수엘라를 가르는 남미의 강이다. 여기서는 오리노코 강 같은 큰 강들을 지칭한다.

2. 보들레르의 문학비평 중에 폴 드 몰렌느(Paul de Molènes, 1821~1862)에 대한 글이 있는데, 폴의 두 작품, 『사랑이야기와 군대이야기 *Histoires sentimentales et militaires*』 중 「군대식 여행과 생각들 *Voyages et Pensées militaires*」과 『한 병사의 논평 *Commentaires d'un soldat*』 중 「세바스토폴 앞에서의 겨울 *L'Hiver devant Sébastopol*」을 말하는 것으로 추측된다.

콩스탕탱 기스, 〈말을 탄 병사들〉. 펜과 담채. 런던의 영국박물관 소장.

생각하시리라. 군인은 뜻밖의 일에 익숙하기 때문에 별로 놀
라지 않는다. 그러니 군인에게 있어서 아름다움의 징조는 평
온함과 대담함의 기묘한 혼합, 즉 군인다운 대범함이 될 것이
다. 이것은 매 순간마다 죽을 각오가 되어 있어야 하는 필요
에서 유래하는 아름다움이다. 그런데 이상적인 군인의 얼굴
은 고도의 단순함이 드러나는 얼굴이리라. 수도자나 학생들
처럼 공동생활을 하는 병사들은 일상의 걱정거리는 추상적

인 부성父性[3]에 내려놓는 데에 익숙하여 대부분의 경우 아이만큼이나 단순하기 때문이다. 그리고 그들이 아이들처럼 의무가 달성되면 쉽게 즐거워하고 격렬한 여흥에 빠져들기 때문이다. 이 모든 정신적 차원의 고찰들이 G 씨의 크로키와 수채화에서 자연스럽게 솟아난다고 말하는 것은 과장이 아닐 것이다. 그는 어떤 유형의 군인도 빠뜨리지 않으며, 모든 군인을 열정적인 기쁨으로 포착한다. 뚱뚱한 몸으로 자신의 말을 괴롭히는 진지하고 슬픈 보병대의 늙은 장교. 허리에 주름을 바짝 잡고 어깨를 좌우로 흔들며 대담하게 부인들의 안락의자 쪽으로 몸을 기울이는 수뇌부의 멋진 장교, 등을 보이고 있는 그 장교는 가장 잘 빠지고 우아한 곤충을 연상시킨다. 주아브[4]와 티라이외르[5]는 그들의 자세로써 과도하게 대담하고 독립적인 성격을 내보인다. 그 성격은 개인적 책임감의 가장 생생한 감정인 듯하다. 경기병은 민첩하고 쾌활한 유연성을 드러내고 있으며, 포병이나 공병 같은 특수부대는 다소 유

*

3. 수도사, 학생, 병사들에게 상부는 자신들의 일상을 책임지는 아버지와 같은 존재이다. 그런데 실제의 아버지와는 달리 상부는 구체적인 인물로 머릿속에 그려지지 않기 때문에 보들레르는 '추상적인 부성une paternité abstraite'이라는 표현을 사용한 것으로 보인다.

4. 주아브le zouave는 1830년에 창설한 알제리 원주민 보병대의 병사를 일컫는 말이다.

5. 티라이외르le tirailleur는 일반적으로 저격병을 일컬으며, 프랑스 식민지의 원주민 부대 보병을 일컫기도 한다.

콩스탕텡 기스, 〈서 있는 병사들〉. 펜과 담채. 런던의 영국박물관 소장.

식하고 학구적인 용모를 하고 있는데 전쟁 도구와는 거리가
먼 안경이 더 그렇게 보이게 한다. 이 모델들 중 어느 하나도,
이런 뉘앙스들 중 어느 것 하나도 소홀히 다루지 않으며 그는
이 모두를 똑같은 애정과 재치로써 개괄하고 명확하게 표현
한다.

　이번에는 실로 영웅적인 것의 보편적 모습을 담은 작품 하
나를 보고 있다. 이 작품은 어느 보병 대열의 선두를 그리고

있다. 이들은 아마도 이탈리아에서 오는 길일 것이고 열광하는 군중들을 앞에 두고 대로변에서 휴식을 취하고 있는 것일 게다.[6] 그들은 아마도 롬바르디아[7]의 여러 길을 거치는 긴 여정을 막 마쳤으리라. 잘은 모르지만. 명백하고 아주 명료하게 보이는 것은 태양과 비와 바람에 그을린 이 모든 얼굴들의 고요함 가운데에서조차 드러나는 단호하고 대담한 기상이다.

복종과 다들 함께 견뎌 낸 고통으로 만들어진 한결같은 표정이, 오랜 피로에 굴하지 않은 용기 있는 인내의 모습이 바로 여기에 있다. 접어 올려 각반으로 조인 바지들, 먼지로 퇴색되고 조금 빛이 바랜 외투들, 결국 모든 장비들은 그 자체가 생경한 모험을 헤치고 멀리서 돌아온 자들의 잊히지 않을 모습을 지니고 있다. 이 모든 자들이 다른 남자들은 그럴 수 없을 만큼 허리를 곧추세우고 발끝까지 힘을 주어 완벽히 꼿꼿하게 서 있는 듯하다. 언제나 이런 부류의 아름다움을 찾아다녔고 그토록 자주 그것을 찾아냈던 샤를레[8]가 이 그림을 봤더라면 깊은 감명을 받았으리라.

*

6. 보들레르는 이 부분과 비슷한 내용으로 「버려진 도시의 축제Fête dans une ville déserte」라는 산문시를 구상한 일이 있다.

7. 롬바르디아Lombardia는 밀라노가 속해 있는 이탈리아 북부 지방의 이름이다.

8. 샤를레(Nicolas Charlet, 1792~1845)는 나폴레옹 숭배기에 성장했고 역사화에 몰두하여 '황제 근위병', '옛 프랑스군', '군복' 등의 주제로 수많은 판화 작품을 남겼다.

9
댄디

부유하고 한가롭고 세상사에 무관심해지기까지 한 사람은 행복을 좇아 달려가는 것 외에 하는 일이 없다.[1] 호사스럽게 자라고 젊은 시절부터 다른 이들의 복종에 익숙한 사람은 결국 우아함 이외엔 다른 직업이 없는 자인데 어느 시대건 항상 아주 예외적으로 뚜렷하게 구별되는 용모를 지니고 있다. 댄디즘은 불분명하고 결투만큼이나 묘한 관습이다. 카이사르,[2] 카틸리나,[3] 알키비아데스[4]가 우리에게 그 훌륭한 전형들을 제공하니 댄디즘은 아주 오래된 것이다. 샤토브리앙이 '신세계'[5]의 숲속과 호숫가에서 그것을 발견했으니 댄디즘은 또한 보편적이기도 하다. 댄디즘은 법 밖의 관습이면서도 엄격한 법칙들이 있어서 제아무리 혈기왕성하고 독립적인 성격을 지녔다고 해도 댄디즘을 따르는 모든 이들이 그 법칙을 철저하게 따른다.

영국 소설가들은 다른 누구보다도 '상류사회high life' 소설

에 힘써 왔고 프랑스인들은 드 퀴스틴느 씨[6]처럼 특별히 연애
소설을 쓰고자 하여 일단 등장인물들이 자신들의 환상을 충
족시키기 위해 망설임 없이 돈을 쓸 수 있도록 막대한 재산을
갖게 하는 데에 신경을 썼는데, 이는 현명한 처사이다. 그러
고는 그들에게 모든 직업을 면해 준다. 이들은 아름다움에 대
한 생각을 자신 속에서 발전시키는 것과 자신의 열정을 충족
시키는 것, 느끼고 생각하는 것 이외에 별도의 직업을 갖지 않
는다. 그처럼 그들은 자기 마음대로 막대한 양의 시간과 돈을
소유하고 있다. 그것이 없다면 그들의 환상은 그저 지나가는

*

1. 이 부분은 스탕달의 '행복사냥la chasse au bonheur'이라는 표현을 연상시킨다.

2. 카이사르(Caesar Gaius Julius, 프랑스어로는 세자르 César, 기원전 100~44)는 로마 공화
   정 말기의 정치가이자 장군이며 문인이다. 흔히 '시저'라 불리는데 기원전 60
   년 폼페이우스, 크라수스와 함께 맺은 1차 3두동맹을 배경으로 공화정부 최고
   관직인 콘술에 취임하였고, 이후 각종 전쟁에서 공을 세우며 1인 지배자의 지
   위를 누리다 그의 독재를 염려한 세력에게 암살당하였다. 클레오파트라와의
   관계로도 유명하고 뛰어난 웅변술, 풍부한 인간적 매력으로 인심을 얻었으며
   『갈리아 전기』외 여러 저작을 남겼다.

3. 카틸리나(Lucius Sergius Catilina, 기원전 108~62)는 로마의 정치가였는데 야망을
   위해 모든 것을 희생시킬 수 있는 인물로 후세에 알려져 있다. 음모자이자 댄
   디인 이 사람에게 보들레르는 흥미를 느꼈는데, 시도에 그쳤던 오페라 대본
   「돈 주앙의 최후La fin de don Juan」를 보면 이 사람의 그림자가 언뜻 느껴진다.

4. 알키비아데스(Alcibiade, Alkibiades, 기원전 450~404)는 그리스의 장군, 정치가였
   다. 소크라테스의 수제자였기도 한 그는 머리가 좋고 야망이 있었으며 인기
   가 높았다.

5. 이 부분은 특히 프랑스 낭만주의 작가 샤토브리앙(François René Chateaubriand,
   1768~1848)의 작품 『아탈라Atala』(1801)와 『나체즈 족Les Natchez』(1826)과 연관
   이 있다.

6. 드 퀴스틴느(Astolphe de Custine, 1790~1857)는 프랑스의 여행가이자 작가이다.
   연애소설을 많이 남겼는데, 등장인물들은 대개 상류사회 사람들이었다.

콩스탕탱 기스, 〈경마장에서〉. 벨렝지에 수채 물감, 담채, 연필, 잉크. 파리의 카르나발레 박물관 소장.

몽상이 되어 절대 행동으로 옮겨지지 못할 것이다. 여유 시간과 돈이 없다면 사랑이란 단지 천박하고 질퍽한 술판이거나 부부로서의 의무 이행일 뿐이다. 열렬하거나 꿈같은 잠깐의 기분이 아니라 사랑은 불쾌한 '이익utilité'이 된다.

　댄디즘과 관련하여 내가 사랑을 논하는 것은 사랑이 한가한 사람들의 자연스러운 일이기 때문이다. 그렇지만 댄디는 사랑을 특별한 목표로 여기지 않는다. 내가 돈 얘기를 한 것은 자신의 열정에 대해 일종의 신앙을 지닌 자들에게는 돈이 필수불가결하기 때문이다. 그렇지만 댄디는 돈을 어떤 중요한 것으로 여겨 그것을 갈망하지는 않으니 그저 '무한도無限度의 신용'이면 충분하리라. 댄디는 그런 저속한 열망은 평범한 자들에게 넘겨준다. 별로 신중치 못한 많은 사람이 그렇게 믿는 것 같은데, 댄디즘은 몸치장과 물질적 우아함에 대한 무절제한 관심도 아니다. 완벽한 댄디에게 그런 것들은 단지 자기 정신의 귀족적인 우위를 드러내는 한 상징일 뿐이다. 그러므로 무엇보다도 기품[7]을 사랑하는 댄디의 눈에는 완벽한 몸치장이란 전적인 심플함을 의미하는데, 정말이지 남들로부터 구별되는 가장 좋은 방식이 그것이다. 하나의 교리가 되어 거만한 추종자들을 낳은 이 열정, 그토록 오만한 계급을 형성한 이 비공인 관습이란 무엇인가? 그것은 무엇보다도 개성을 지니고자 하는 불타는 욕구인데, 이것은 예법의 테두리 안에 존재한다. 그것은 일종의 자아숭배인데, 예를 들자면 타인이나 여자에게서 찾을 수 있는 행복을 추구하는 것보다 더 오래 가며 심지어 우리가 환상이라 부르는 모든 것보다도 오래 간다.

---

*
7. 프랑스어에서 '구별distinction'이라는 말은 '기품', '품위'라는 의미도 지닌다. 보들레르가 댄디즘과 관련하여 말하는 '구별'이라는 말은 이 모든 의미를 다 포함하고 있다.

그것은 다른 이를 놀라게 하는 기쁨이며 자기 자신은 전혀 놀라지 않는 거만한 만족감이다. 댄디는 시큰둥해질 수도 있고 괴로워할 수도 있지만, 괴롭더라도 여우에게 공격당한 스파르타 청년처럼 미소를 지으리라.[8]

어떤 면에서 댄디즘은 정신주의, 금욕주의와 인접해 있다. 반면, 댄디라면 저속한 사람이 되는 일은 없다. 범죄를 저질렀다고 해도 댄디로서의 권위는 잃지 않을 것이다. 그러나 이 범죄가 저속한 원인에 기인한다면 불명예를 회복하기는 힘들다. 독자는 이러한 가벼움 속의 진중함에 대해 분노하지 마시기를. 모든 광기 속에는 위대함이 있고 모든 과잉 속에는 힘이 있음을 기억하시길. 희한한 정신주의여! 그 정신주의의 사제이자 동시에 희생자인 사람들에게 있어, 밤낮 가리지 않고 언제나 나무랄 데 없는 몸단장을 하는 것에서부터 스포츠의 가장 위험한 기교에 이르기까지 그들이 따르는 모든 복잡한 물질적 조건들은 의지를 강화시키고 영혼을 단련시키는 데 적합한 훈련일 뿐이다. 사실 댄디즘을 일종의 종교로 여겼던 게 완전히 틀린 것은 아니다. 가장 엄격한 수도사의 계율이건, 취한 제자들에게 자살을 명했던 '산의 노인'[9]의 저항할 수 없는 명령이건 이 우아함과 개성의 교리보다 더 전제적이지는 않으며 사람들이 더 많이 따르지도 않는다. 이 교리 역시 야심차고 겸허한 신봉자들에게, 대개 격정과 열정과 용기와 억제된 에너지로 가득 찬 그들에게 "페린데 아크 카다베르!"[10]라는 가혹한 주문呪文을 건다.

이들이 '세련된 자', '비상한 자', '아름다운 자', '뛰어난 자' 혹은 '댄디' 등으로 각기 다르게 불릴지라도[11] 그들 모두는 같은 기원에서 나온다. 모두가 똑같이 대항과 반항의 성격을 지닌

*

8. 어떤 스파르타 청년의 일화를 암시한다. 그는 자신의 도둑질을 자백하기보다는 작은 여우를 잡아 자신의 튜닉 속에 감추고서는 그 여우에게 물어뜯기는 길을 택했다.

9. 보들레르의 해시시에 관한 글, 「인공낙원Les Paradis artificiels」 중 「해시시의 시 Le poème du hachisch」에서도 언급되는 인물이다. 산의 노인은 자신의 가장 어린 제자들에게 천국이란 어떤 것인지 느끼게 해 주기 위해 해시시로 취하게 한다. 제자들이 행하는 절대적인 복종에 대한 보상이었다. 역사적으로 '산의 노인'이란 명칭은 11세기 말부터 13세기 말까지 활동했던 이슬람교 시아파의 이스마엘 교파 수장을 가리키는 데에 사용되었다. 이 교파의 창시자인 하산 Hasan으로부터 적들을 무찌르고 죽이는 것 뿐 아니라 어떻게 죽느냐도 중요하다는 가르침을 받은 교도들이 목숨을 걸고 싸우는 모습을 보고 이들의 적군은 이들이 해시시를 흡입했다고 말했다. 그에 따라 이들은 '해시시를 흡입한 자들'이라는 의미의 아랍어 '해시시온Hashishiyyin'이라고 불렸다. 이 말은 프랑스에 전해져 아사생les Assassins으로 변형되었는데, 오늘날 '살인자'를 뜻하는 보통명사 아사생l'assassin의 어원으로 지목되기도 한다.

10. "페린데 아크 카다베르Perinde ac cadaver"는 16세기 이그나스 드 로욜라Ignace de Loyola가 내린 명령에서 유래한 라틴어 경구로, 특히 예수회 수도사(제주이트)들이 따르는 규범 중 하나이다. '송장이나 시체처럼'의 의미로, 교황과 상급자의 명령에 시체처럼 순종할 것을 촉구하는 말이다.

11. 세련된 자les raffinés라는 명칭은 앙리 3세 시대(1207~1272)에, 비상한 자les incroyables는 집정 내각(Directoire, 1795~1799) 시대에, 아름다운 자les beaux는 제1제정(1804~1814) 무렵에, 뛰어난 자les lions와 댄디les dandys는 왕정복고 (Restauration, 1814~1830) 시대에 각각 사용되었다.

다. 모두가 인간 자부심들 가운데 보다 나은 것의 대변자, 저속함과 싸워 없애려는, 오늘날의 사람들에게는 너무 드문 욕구의 대변자들이다. 댄디에게 있어 냉정함 속에서도 드러나는 도전적 계급의 거만한 태도가 거기에서 나온다. 댄디즘은 특히 민주주의가 아직은 강력하지 않고 귀족은 부분적으로만 위태롭고 타락한 시기인 과도기에 나타난다. 이런 시대의 혼돈 속에서, 세상에서 낙오되고 세상을 혐오하며 한가하지만 태생적으로 에너지가 풍부한 몇몇 사람들은 새로운 종류의 귀족계급을 창설할 계획을 떠올릴 수 있다. 그 계급은 가장 고귀하고 가장 파괴하기 힘든 재능들 위에, 일과 돈으로는 얻기 힘든 천부적 자질 위에 세워지는 만큼 무너뜨리기가 매우 어려울 것이다. 타락한 시기에 댄디즘은 영웅주의의 마지막 불꽃이다. 북아메리카 여행 중 발견된 댄디 유형은 이런 생각을 조금도 약화시키지 않는다. 왜냐하면 우리가 '야만인 sauvages'이라고 부르는 종족들이 사실은 사라진 위대한 문명의 잔재들이라는 가정을 가로막을 것은 없으니까. 댄디즘은 지는 해이다. 그것은 꺼져가는 별처럼 멋지고, 열기 없이 애수 哀愁 mélancolie로 가득 차 있다. 그러나, 오! 모든 것을 침범하고 모든 것을 평준화하는 민주주의의 밀물이 매일매일 인간 자부심의 최후 대변자인 이들을 잠기게 하고 이 거대한 난장이들의 흔적에 망각의 물결을 들이붓는다. 우리나라에 댄디는 점점 드물어지는 데 반해 영국 같은 이웃 나라에서는 사회 상황과 헌법이 —관습에 의해 표현되는 진정한 헌법 말이다— 앞으로도 오래도록 셰리던,[12] 브루멜,[13] 그리고 바이런[14]의 후세들에게, 적어도 이런 유산을 받을 자격이 있는 자들에게는 자리를 마련해 줄 것이다.

  독자들에게 곁가지 얘기로 보이는 부분이 사실은 그렇지 않다. 한 예술가의 데생 작품으로부터 떠오르는 생각들과 윤리적 몽상들은 대부분의 경우 비평가가 그 작품들에 대해 할

★

12. 셰리던(Richard Brinsley Butler Sheridan, 1751~1816)은 영국의 극작가이자 정치가이다. 『스캔들 학교 *The School for Scandal*』(1777), 『비평 혹은 비극 리허설 *The Critic or a Tragedy Rehearsed*』(1779) 등의 작품을 남긴 그는 일찍이 게임과 향락에 몰두하여 '우아한 삶'의 모델로 여겨졌다.

13. 브루멜(Georges Bryan Brummell 혹은 Brummel, 1778~1840)은 '미남 브루멜'이라 불리운 유명한 영국의 댄디이다. 후일 죠지 4세가 될 갈Galles 왕자와 깊은 친분을 유지함으로써 특히 19세기 초반 15년간 '우아함의 감정가', '유행의 왕'이라는 명성을 누렸다. 나중에 프랑스로 망명하여 일생을 마쳤다.

14. 바이런(Georges, Gordon, Noel Byron, 1788~1824)은 영국의 낭만주의 시인이다. 노르망디 출신의 집안에서 태어난 바이런은 사교계의 총아였으며 여행을 많이 하였다. 프랑스 낭만주의 시인 라마르틴느(Alphonse de Lamartine, 1790~1869)와 뮈세(Alfred de Musset, 1810~1857)에게 영향을 미쳤으며 대작 『돈 주앙 *Don Juan*』(1819~1824) 외 여러 작품을 남겼다. 『단테의 예언 *The Prophecy of Dante*』(1819)은 괴테(Johann Wolfgang von Goethe, 1749~1832)에게 헌정되었고, 후일 들라크르와의 그림에 모티브를 제공하기도 한다. 그의 영향을 받아 낭만주의 시대 프랑스에서는 댄디즘이 유행하였고 이미 언급한 뮈세뿐 아니라 발자크도 그 유행을 따랐는데, 『인간희극』에서도(특히 『잃어버린 환상』에서) 그런 면모를 엿볼 수 있다.

수 있는 최상의 해석이다. 여러 가지 암시는 근본 사상의 일부를 이룬다. 그리고 그 암시들을 연속적으로 보여줌으로써 그 근본 사상을 머릿속에 그려볼 수 있게 한다. '현재'를, 그리고 보통 익살스럽다고 여겨지는 것들을 대상으로 하는 경우가 아니라면, G 씨가 종이 위에 자신의 댄디들 중 하나를 그릴 때 항상 그 댄디에게 역사적이고, 감히 말하건대 전설적이기까지 한 특성을 부여한다는 점을 새삼 말할 필요가 있을까? 우리 시선이 그가 중시하는 존재들, 우아한 면과 두려움을 주는 면이 그토록 신비롭게 섞여 있는 그들 중 하나를 발견할 때, 우리에게 "여기 이자는 아마도 부자일 거야. 그런데 더 확실하게는 무직無職의 헤라클레스지!" 하고 생각하게 하는 것은 바로 이런 거동의 경쾌함, 확실한 매너, 우세한 외모 속의 단순함, 옷을 입고 말을 모는 방식, 언제나 고요하면서도 힘을 드러내는 태도들이다.

　댄디의 아름다움의 특징은 무엇보다도, 감동받지 않겠다는 흔들림 없는 결심에서 오는 냉정한 태도에 있다. 마치 자신의 존재를 추측하게끔 하는, 빛날 수 있었겠지만 빛나기를 원하지 않는 하나의 잠재적인 불꽃과 같다. 이것이 바로 이 그림들 속에서 완벽하게 표현된 바이다.

10

여자

　대부분의 남자들에게 있어서 가장 생생한, 그리고 이렇게 말하면 철학이 주는 쾌락들에게는 불명예를 안기겠지만 심지어 가장 지속적인 쾌락의 원천인 존재. 이 존재를 향해, 혹은 이 존재를 위하여 남자들은 모든 노력을 다한다. 신과 같이 가혹하고 의사소통이 불가능한 ―차이가 있다면, '무한자無限者'[1]는 유한자를 눈멀게 하고 압도할 것이기 때문에 소통이 안 되는 것이지만 이 존재[2]는 단지 소통할 것이 없기 때문에 소통이 불가능할 것이다― 이 존재 말이다. 그 존재 안에서 조제프 드 메스트르[3]는 '한 마리의 아름다운 동물un bel animal'을 보았는데 그 동물의 매력에 정치라는 심각한 게임이 좀 더 쉽고 즐

1. 무한자l'infini는 신을 가리키며 유한자le fini는 인간을 가리킨다.
2. '여자'를 가리킨다.
3. 조제프 드 메스트르(Joseph de Maistre, 1753~1821)는 프랑스의 정치가이자 작가, 철학자이다. 반혁명주의자로 프랑스 혁명 직후 로잔으로 피신했다가 후일 러시아의 알렉산더 1세 치하 러시아 장관을 지냈다. 역사의식에 있어서는 이 글 서두에도 언급되었던 17세기 프랑스 작가인 보쉬에와 유사한 점이 있으며 『프랑스에 관한 고찰Considérations sur la France』(1796), 『교황에 관하여Du Pape』(1819) 등을 남겼다. 이성에 반대해 믿음la foi과 직관을 중요시 한 점에서 그는 보들레르에게 많은 영향을 미쳤다.

콩스탕탱 기스, 〈발코니에 있는 두 명의 스페인 여인들〉. 담채. 파리의 장식 미술박물관 소장.

거워졌다.[4] 그 존재를 위해, 또 그 존재로 인해 재산이 모이기도 하고 없어지기도 한다. 그 존재를 위해, 특히 그 존재로 인해 예술가들과 시인들은 그들의 가장 섬세한 보석들을 만들어 낸다. 그 존재에서 가장 나른한 기쁨들과 가장 깊이 파고드는 고통들이 나온다. 한마디로 말해 여자는 일반적으로 예술가들에게, 그리고 특별히 G 씨에게 인류의 암컷 이상의 존재이다. 아니, 여자는 수컷의 뇌 속 모든 생각을 지배하는 어떤 신성성神聖性, 하나의 별이다. 여자는 단 하나의 존재 안에 응축되어 있는, 자연의 모든 축복의 반짝임이다. 여자는 삶이라는 그림이 감상자에게 제공할 수 있는 가장 생생한 찬탄과 호기심의 대상이다. 자신의 시선에 잠시 멈춰버린 숙명들과 의지들을 거머쥐고 있는 여자는 어쩌면 어리석지만 현란하고 매혹적인 일종의 우상偶像이다. 말하자면, 이 존재는 사지가 조화롭게 모여 있어 하모니의 완벽한 전형을 제시하는 동물은 아니다. 조각가가 자신의 가장 엄격한 명상 속에서 꿈꾸는 순수한 아름다움의 전형 또한 아니다. 아니, 그런 것은 이 존재의 신비롭고 복잡한 매력을 설명하기에 여전히 부족한 듯싶다. 여기에 빈켈만[5]과 라파엘로는 소용이 없다. 그리고 확

4. 보들레르는 종종 자신의 기억에 의존해 인용을 하는데, 그 때문에 실수를 범하기도 한다. 이 부분도 그러한데, 왜냐하면 조제프 드 메스트르의 여성관은 보들레르가 말하는 것과 좀 다르기 때문이다. 조제프 드 메스트르는 여성이 기독교에서는 원래보다 훨씬 더 높은 존재로 추앙받기 때문에 남성보다 기독교에 더 큰 빚을 지고 있다는 말을 『교황에 관하여』에서 하고 있으며, 자신의 딸이 여류 학자가 되지 않도록 "여자들은 장르를 막론하고 명작을 하나도 남기지 못했다."라고 딸에게 보내는 편지에 썼다. 그만큼 조제프 드 메스트르의 글은 여성을 무시하는 맥락 속에서 이해해야 한다.

5. 빈켈만(Johann Joachim Winckelmann, 1717~1768)은 독일의 고고학자이자 미술사가이다. 그의 첫 저서인 『그리스 회화와 조각 작품들의 모방에 관한 생각Gedancken über die Nachahmung der Griechischen Werke in der Malerei und Bildhauer-Kunst』(1755)에서 그는 로코코 양식에 반反하여 그리스 예술의 단순함으로 돌아가자고 쓰고 있는데, 이 책은 큰 반향을 불러일으켰다. 그 밖에도 그는 계속해서 고대 그리스, 로마의 작품을 분석하는 방대한 작업을 함으로써 당대 예술 분석과 미학의 기초를 제공하였고, 나아가 괴테나 실러(Friedrich von Schiller, 1759~1805) 등 문학에 있어서 신고전주의의 탄생을 도왔다.

신컨대, 레이놀즈[6]나 로렌스[7]의 초상을 음미할 기회를 놓치지 않기 위해서라면, 아무리 박식하더라도 —이 말이 그에게 누累가 되지 않기를— G 씨는 고대 조각상의 한 작품쯤은 무시할 것이다. 여자를 장식하는 모든 것, 여성의 아름다움을 보여주는 데 사용되는 모든 것은 여자의 일부분이다. 그러니 수수께끼 같은 이 존재의 연구에 특별히 열중하는 예술가들은 여자 그 자체만큼이나 모든 '문두스 물리에브리스'[8]를 열광적으로 좋아한다. 여자는 아마도 한 줄기 빛이며 하나의 시선이며 행복에의 초대이며 가끔은 한마디 말이기도 하다. 그렇지만 여자는 그 거동과 팔다리의 움직임에서만이 아니라 무엇보다도 자신을 감싸는 모슬린 직물, 얇은 베일들, 풍성하고 빛나는 직물 무더기 속에서도 엿보이는 보편적인 조화이다. 그것들은 그들 신성함의 상징이자 그 받침대와 같은 것이다. 또한 여자들의 목과 팔을 휘감고 있는 금속, 광물 속에서도 그런 조화가 엿보이는데 이들의 반짝임이 여자들의 시선을 더욱 빛나게 하거나 그 찰랑이는 소리가 여자들의 귓가에 잔잔하게 흘러든다. 도대체 어떤 화가가 미인이 주는 기쁨을 그릴 때 감히 여자의 의상을 여자와 분리하려 하겠는가? 아무런 사심 없이 길에서, 극장에서, 숲 속에서, 센스 있게 구성된 옷차림을 감상하지 않은 자 누구인가? 또, 거기에서 여자가 속해 있는 아름다움 그 자체와 분리될 수 없는 아름다움의 영상 하나 간직하지 않은 자 누구인가? 그 영상은 여자와 여자의 의상을 불가분한 하나의 '전체'로 만든다. 여기가 바로, 이 글 서두에서 조금밖에 다루지 않았던 유행 의상과 몸치장에 관한 몇 가지 문제를 다시 생각해 볼 자리, 그리고 매우 수상쩍은 자연애호가들이 화장술에 퍼붓는 어리석은 비방들에 복수할 자리이다.

*

6. 레이놀즈(Joshua Reynolds, 1723~1792)는 영국의 화가이다. 로마에서 고전 교육을 받고 이탈리아의 여러 도시를 돌면서 특히 라파엘로나 코렛지오(Antonio Allegri Correggio, 1489~1534) 같은 베네치아 화가들로부터 영향을 많이 받았다. 1753년에 제작한 「케펠의 초상le portrait de Keppel」은 그림의 구성이나 모델의 자세, 표정, 구성 등이 모두 모델의 역사적 중요성과 사회적 지위를 잘 드러나게 하는 '영웅적' 초상의 전형을 보여 준다. 이 글에서는 앞서 언급된 빈켈만이나 라파엘로의 (신)고전적 미학의 대척점으로서 낭만적 경향의 레이놀즈와 로렌스가 언급되고 있다.
7. 로렌스(Thomas Lawrence, 1769~1830)는 영국의 초상화가이다. 1790년 샤를로트 왕비la reine Charlotte와 미스 파렌Miss Faren의 초상화를 전시하면서 널리 알려졌다. 레이놀즈의 뒤를 이어 영국 왕실의 전속 초상화가가 되었으며 들라크루와가 1824년 그를 격찬하기도 하였다. 그의 초상화가 화려하고 색채가 눈부셨으며 모델의 우아함이 잘 드러난다는 면에서 그를 레이놀즈의 후계자라할 만하다. 드라마틱한 감수성, 낭만주의적 특징, 자유로운 표현양식으로 유명하다.
8. '문두스 물리에브리스mundus muliebris'는 '한 여자의 세계'라는 의미로, 1690년 영국 작가 존 이블린(John Evelyne, 1620~1706)이 출간한 친親프랑스적인 유행 의상과 유행 의상 용어 안내서의 제목이기도 하다. 이 책은 실제로는 그의 딸 메리 이블린(Mary Eyelyne, 1665~1685)이 쓰고 딸이 죽은 후 아버지가 편집한 것으로 추정된다.

11

화장 예찬

어떤 노래가 하나 있다. 그 노래는 다소 진지한 저작 속에 인용하기에는 상당히 진부하고 우습지만, 아름다움에 관한 어리석은 자들의 생각을 보드빌[1] 풍으로 아주 잘 표현하고는 있다. "자연은 아름다움을 돋보이게 한다!"[2] 추측해 보건대, 우리 프랑스어를 할 줄 알았더라면 이 노랫말을 지은 '시인'은 "수수함이 아름다움을 돋보이게 한다!"고 말했을 것이다. 이 말은 "아무것도 아닌 것이 존재하는 것을 돋보이게 한다"는 전혀 예기치 못한 종류의 '진실'과 같은 의미를 지닌다고 볼 수 있다.

아름다움에 관련된 대부분의 오류는 윤리에 관한 18세기의 그릇된 이론에서 탄생한다. 그 당시 본성[3]은 가능한 모든 선善과 미美의 기초이며 원천이자 전형으로 여겨졌다. 모든 분야에서 분별력이 없는 시대였던 만큼 원죄[4]의 부정은 쓰임새가 많았다. 그렇지만 간단하게, 명백한 사실들에, 즉 모든 시대의 경험과 『판결공보公報*Gazette des Tribunaux*』에 의거해 보기만 해도 본성은 우리에게 아무것도, 혹은 거의 아무것도 가르쳐 주지 않음을 알게 되리라. 본성은 인간으로 하여금 잠자고 마시고 먹고 적대적인 환경으로부터 그럭저럭 스스로를 지키게 **구속**할 뿐. 인간에게 동포를 죽이고 먹고 감금하고 고문하도록 하는 것 역시 본성이다. 필요와 욕구의 단계를 넘어 일단 호사와 쾌락의 단계에 들어서면 본성은 범죄밖에는 우리에게 권하지 않는다는 것을 잘 알지 않는가. 결코 실수가 없는 이 본성이 바로 수치스럽고 조심스러워 우리가 차마 입에 올리기조차 꺼리는 부모 살해와 식인 행위, 그리고 수많은

*

1. 보드빌le vaudeville은 처음에는 16세기 중엽 프랑스에서 발생하여 유행한 풍자적인 노래를 뜻하였으나 차차 무대예술적인 요소와 결부되어 노래, 춤, 촌극을 엮은 대중적 오락물로 발전한다. 초기 보드빌의 풍자정신은 18세기 프랑스 연극이나 가극에 많은 영향을 끼쳤다. 영국에서는 '버라이어티'라 불렸고 19세기 말, 20세기 초에는 미국에서 인기를 얻어 크게 발전하였다.

2. 1832년 페르디낭 헤롤드(Ferdinand Hérold, 1791~1833)가 작곡한 코믹오페라『신학생들의 결투장le Pré aux Clercs』에 나오는 구절을 약간 변형시킨 것이다. 바로 이어 보들레르가 비꼬듯 사용한 '시인'이라는 말은 이 작품의 작사가인 드 플라나르François Antoine Eugène de Planard를 가리킨다.

3. 프랑스어에서 '자연la nature'이라는 말은, 영어에서 그렇듯, '본성'이라는 의미도 있다. 윤리에 관련된 부분이라 이 말을 '본성'이라 옮겼지만, 보들레르는 일관되게 '자연'이라는 말을 사용하고 있으므로 '자연'이 이 글의 핵심어 중 하나임을 염두에 두어야 한다.

4. 서양에서 '원죄le péché original'라는 말은 구약성경에 묘사된, 선악과를 따 먹음으로써 아담과 이브가 에덴동산에서 쫓겨난 사건에서 유래하는데, 인류는 본래 타락한 존재라는 견해의 근거로 사용되곤 한다. 18세기 사상가들이 보들레르의 신뢰를 얻지 못하는 이유 중 하나가 그들이 이 원죄를 부정하고 본성을 높이 샀기 때문이다. 18세기에 대한 보들레르의 부정적 평가는 그의 다른 글에서도 몇 차례 드러난다.

다른 혐오스러운 것들을 낳았던 것이다. 우리에게 돈 없고 거동이 불편한 부모를 모시라고 지시하는 것은 다름 아닌 철학이고 —홀륭한 철학에 한해서 말이다— 종교이다. 본성은 —이것은 결국 우리 이기심의 소리인데— 우리에게 부모를 쳐 죽이라고 한다. 모든 자연스러운 것, 온전히 자연 상태에 처한 인간의 모든 행위와 욕망들을 검토하고 분석해 보라. 끔찍한 것만을 발견하게 될 것이다. 아름답고 고상한 모든 것은 이성과 계산의 결과물이다. 인간이라는 동물은 어머니 뱃속에서부터 범죄에 맛을 들이니, 범죄는 근원적으로 자연스러운 것이다. 반대로, 덕성이란 **인위적**이며 초자연적인데, 모든 시대, 모든 국가에 있어서 타락한 인류에게 덕을 가르치기 위해서는 신들과 예언자들이 필요했고, 또 인간이 **혼자서**는 덕성을 발견할 수 없었기 때문이다. 숙명적으로 악惡은 **자연스럽게** 노력 없이도 이루어지고 선善은 언제나 어떤 인위의 산물인 것이다. 윤리 차원에서 본성을 그릇된 조언자로, 또 이성을 진정한 구세주이자 개혁자로 보는 내 모든 얘기는 미美의 차원으로도 옮겨질 수 있다. 그리하여 나는 몸치장을 인간 영혼의 태생적 고귀함의 한 표시로 보기에 이른다. 혼잡하고 타락한 우리 문화가 매우 우스꽝스러운 자존심과 자만심에 사로잡

콘스탕텡 기스, 〈모뷔에Maubué 가街〉. 연필, 펜, 검은 잉크, 브러쉬, 수채 물감.
개인 소장. 모뷔에 가街에서 1840년에 제작됨. 콘스탕뗑 기스가 직접 새기고 제
작 날짜를 밝혔다.

혀 쉽사리 야만적이라고 취급하는 종족들은 화장이 지니는
고도의 정신성을 어린아이만큼이나 잘 이해하고 있다. 미개
인과 아기는 빛나는 것, 즉 알록달록한 깃털, 다채로운 옷감,

인공적 형태의 최고 위엄을 향한 천진한 열망을 통해 현실적인 것에 대한 자신들의 거부감을 입증하며, 그렇게 함으로써 자신도 모르는 사이에 그들 영혼이 물질적 차원을 뛰어넘고 있음을 보여 준다. 루이 15세처럼, 소박한 자연밖에는 맛보지 못할 정도로 타락한 자에게 —그런 부류는 진정한 문명이 아니라 반복되는 저속함의 산물이었다— 불행 있으리![5]

그러니 유행은 자연적인 삶이 인간 뇌 속에 쌓아 온, 거칠고 세속적이고 추잡한 모든 것을 뛰어넘는 이상理想에의 취향을 알리는 한 징후로, 자연의 숭고한 변형으로, 아니면 영구적이고 연속적인 자연 변혁의 한 시도로 여겨져야 한다. 그리하여 당연하게도 각각의 유행이 아름다움을 향한 다소간 행복하고 신선한 노력이며 충족되지 않은 인간 정신이 끊임없이 쾌감을 느끼며 욕망하는 어떤 이상에 접근하는 것인 만큼 모든 유행이 다 매력적이라는 것을, 다시 말해 상대적으로 다 매력적이라는 것을 —그 이유는 찾지 못해도— 깨닫게 되었던 것이다. 그런데 제대로 음미하고자 한다면 유행 의상들을 죽어 있는 것으로 여겨서는 안 된다. 그러느니 고물 장수 옷장 속에 걸려 있는, 성 바르텔레미[6]의 살가죽처럼 헐렁하고 생기 없는, 보잘 것 없는 유물들을 감상하는 게 나을 테니까 말이다.

유행된 옷들은 아름다운 여인들에게 입혀져 생기와 활기가
넘치는 상태로 머릿속에 그려 봐야 한다. 그 방법을 통해서만
우리는 유행 의상의 의미와 정신을 이해하리라. 그러니 "모든
유행은 매력적이다"는 아포리즘이 너무 단호해서 거슬린다
면, "모든 유행은 공평하게 매력적이었다"고 말씀하시라. 그
리하면 여러분이 잘못하는 게 아니라는 점을 확신하시리라.

자기 자신을 신비롭고 초자연적으로 보이게끔 애쓰는 것
이 여자로서는 정당한 일이며 나아가 일종의 의무를 다하는
일이다. 여자는 놀라게 하고 매혹시켜야 하니까. 우상인 여자
는 숭배받기 위해 금칠을 해야 하니까. 그러므로 여자는 사람
들의 마음을 사로잡고 정신에 강한 인상을 주기 위해 자연을
뛰어넘는 방법들을 모든 예술에서 빌려 와야 한다. 그 성공이
확실하고 늘 이끌릴 수밖에 없는 효과를 발휘한다면 속임수
와 기교라는 점이 모두에게 알려져도 상관없다. 바로 이런 고
찰을 통하여 철학자—예술가는 모든 여성들이 불안정한 자

*
5. 루이 15세의 정부情婦 뒤바리 부인Mme Du Barry은 그를 맞이하고 싶지 않은
   날은 입술에 루즈를 발라 의사 표현을 했다고 한다. 그런 옅은 화장도 싫어할
   만큼 루이 15세는 자연숭배자였던 것이다.
6. 성 바르텔레미saint Barthélemy, Bartholomé는 예수의 열두 제자 중 한 사람으로
   신약 요한복음 1장 45~51절과 21장 2절에 등장하는 나다니엘과 동일인으로
   추정되고 있다. 여러 지역에 복음을 전파하다 아르메니아 지방에서 산 채로
   피부가 벗겨져 죽은 것으로 기록되어 있다. 그 순교 장면을 그린 그림이 여러
   편 있다.

신들의 아름다움을 공고히 하기 위해, 말하자면 신격화하기 위해 실천한 모든 시대 각종 행위들의 정당성을 쉽사리 발견하리라. 그런 행위의 예는 이루 다 헤아릴 수 없을 것이다. 그래도 우리 시대가 일반적으로 '화장'이라고 부르는 것에 한정시키자면, 순진한 철학자들이 고지식하게도 몹시 비난하는 페이스 파우더粉의 사용이 자연적으로 생겨난 수많은 반점들을 모두 다 사라지게 하고 피부 결과 피부색 속에 하나의 추상적인 통일성을 창조해 놓을 목표를 지니며, 실제로 그런 성과를 거둔다는 점을 누가 모르는가? 그 통일성은 마치 무용 타이즈가 낳는 효과처럼 인간을 즉시로 조각상, 즉 신적이고 더 높은 존재에 접근케 한다. 눈의 윤곽을 그리는 인공적인 검정색과 뺨 윗부분을 강조하는 붉은색의 경우, '자연을 초월하려는 욕망'이라는 같은 원칙에 의해 사용되지만 그 결과는 위의 경우[7]와 전혀 상반된 요구에 부응한다. 붉은색과 검정색은 생명을, 초자연적이며 과도한 생명력을 표현한다. 검정 테두리는 시선을 좀 더 그윽하고 독특하게 만들고 무한을 향해 열린 창과 같은 또렷함을 눈매에 더한다. 광대뼈 부위를 붉게 물들이는 붉은색은 눈동자를 더욱 맑게 하며 여성의 아름다운 얼굴에 여사제女司祭의 신비로운 정열을 덧보탠다.

내 말이 잘 이해됐을 텐데, 그렇기에 위대하신 자연을 모방하고 젊음과 경쟁하려는 선뜻 고백하기 힘든 저속한 목적으로 얼굴 화장을 사용하면 안 된다. 게다가 우리는 인공적인 것이 추함을 아름답게 하지 않으며 오로지 아름다움에만 봉사할 수 있음을 보았다. 누가 감히 자연의 모방이라는 헛된 역할을 예술에 부여하겠는가? 화장은 숨길 필요가 없고 들키지 않도록 할 필요가 없다. 반대로 오히려 과시할 수도 있으며 가식적으로는 아니라도 적어도 어느 정도 순진하게는 드러낼 수 있다.

너무나 근엄하여 아주 작은 표현에서조차 아름다움을 추구하지 못하는 자들이 내 생각들을 비웃고 이 생각들이 유치한 과장이라고 비난하는 것을 나는 기꺼이 허용한다. 엄격한 그들의 비판이 그러나 내게 별 타격을 입히지는 않는다. 나는 그저 진정한 예술가들에게 호소하는 것으로, 그와 더불어 태어나면서 성스러운 빛의 한 줄기를 부여받은 여자들, 자신들의 온몸이 그 성스러운 빛으로 빛나기를 바랄 그런 여자들에게 호소하는 것으로 만족할 것이다.

*
7. 페이스 파우더를 사용하는 경우를 가리킨다.

12

여인들과 창녀들

콩스탕탱 기스, 〈오페라 극장의 칸막이 좌석〉. 캔버스에 유채 물감. 빈Wien의 알베르티나 그래픽미술관Graphische Sammlung der Albertina 소장.

그리하여 G 씨는 **현대적인 것**la modernité 속에 존재하는 미
美를 탐구하고 설명하는 일을 임무로 삼아, 사회 어느 계층에
속하든 온갖 인공적인 화려함을 동원해 한껏 장식하고 꾸민
여인들을 그려 보인다. 게다가 북적거리는 군중 속에서 사람
들 사이의 차이가 눈에 띄듯이 그의 작품 컬렉션에서는 인물
들이 화려한 외관을 통해 드러내는 계급과 종족의 차이가 즉
각적으로 감상자의 눈에 들어온다.

어떤 때는 극장 안의 환한 빛을 받으면서 칸막이 좌석 속으
로 상류사회 소녀들이 등장한다. 그 칸막이 좌석은 액자틀이
되고 그녀들의 눈과 보석과 어깨는 빛을 받고 반사시키기에
그녀들은 초상화처럼 빛을 뿜어낸다. 어떤 소녀들은 근엄하
고 진지하며 다른 소녀들은 금발에 경박하다. 어떤 소녀들은
귀족다운 느긋함으로 조숙한 가슴을 드러내 보이며 다른 소
녀들은 소년 같은 가슴을 천진하게 내보인다. 소녀들은 부채
를 입에 대고 눈은 몽롱하거나 한곳을 응시한다. 소녀들은 자
신들이 경청하는 척하는 드라마[1]나 오페라처럼 연극적이고
과장되어 있다.

또 어떤 때는 공원의 오솔길을 힘없이 산책하는 우아한 가
족들을 본다. 아내는 남편의 팔에 기대어 평화로운 기색으로

*
1. 17세기의 비극이나 희극과 구별되는 18세기의 현실주의적인 연극 장르를 가
   리킨다.

콩스탕텡 기스, 〈공원을 걸어가는 어떤 가족〉. 펜, 잉크, 수채 물감. 개인 소장.

기운 없이 걷고 있는데 남편의 듬직하고 만족스런 분위기는
축적한 재산과 자기만족감을 드러낸다. 여기서는 호사스런
겉모습이 숭고한 기품을 대신한다. 너무 마른 여자애들은 풍
성한 속치마를 입어 몸짓과 몸가짐이 젊은 숙녀와 흡사한데

줄넘기를 하고 굴렁쇠를 굴리거나 야외에서 사교모임 놀이를 하면서 자기 부모들이 연기하는 희극을 반복한다.

좀 더 낮은 계층에서 올라온, 마침내 무대 풋라이트의 조명을 받게 된 것이 자랑스러운 소극장의 무희들은 마르고 약하고 아직 어린데, 순결하고 병적인 몸매 위로 우스꽝스러운 의상들을 흔들고 있다. 그 옷들은 어느 시대에도 속하지 않지만 무희들에게 기쁨을 준다.

카페의 문에는 앞뒤로 조명을 받는 유리창에 기대어 선 얼간이가 하나 보이는데 그의 우아함은 그의 재단사가, 그의 머리는 그의 미용사가 만들어 주었다. 그의 곁에는 그의 정부情婦가 그런 곳에 있게 마련인 보조의자에 발을 걸치고 앉아 있는데, 대단히 경망스런 그녀는 귀부인을 닮는 데에 부족한 것이 거의 없다. ─부족한 것이 거의 없다는 말은 거의 다 부족하다는 말인데, 왜냐하면 바로 기품이 부족하기 때문이다─ 그녀의 대단하신 정부情夫처럼 그녀는 작은 입 한가득 지나치게 큰 시가cigar를 물고 있다. 이 두 사람은 아무 생각이 없다. 그들이 무언가를 보고 있다는 것은 그렇다면 확실한가? 마치 바보짓을 하는 나르시스 같은 그들이 군중을 자신들의 모습을 되비쳐주는 강으로 바라보지 않는 한 그렇다. 실제로 그들은 그들 자신의 기쁨을 위해서라기보다 그들을 바라보는 자의 기쁨을 위해서 존재한다.

이제 이곳에는 '발렌티노', '카지노', '프라도' 같은 것들이 — 예전에는 '티볼리', '이달리', '폴리', '파포' 같은 것들이 있었다[2]—, 게으른 젊은이들이 넘치도록 활개치고 있는 이 잡동사니의 소굴들이 빛과 움직임으로 그득한 회랑들을 열어 놓는다. 지나치게 유행을 따른 탓에 원래의 우아함을 변질시키고 그 의도를 망치기까지 한 차림새의 여자들이 호화롭게 자신의 긴 치마 뒷자락과 숄의 끝부분으로 무도장의 마룻바닥을 쓸고 다닌다. 그녀들은 짐승처럼 놀란 듯 눈을 뜨고 오가고 지나가고 또다시 지나가는데, 어느 것도 보지 않는 척하지만 모든 것을 살펴보고 있다.

지옥 불빛의 배경이나 북쪽 오로라 빛으로, 붉은빛으로, 오렌지 빛으로, 유황빛으로, 장밋빛으로—장미는 경박함 속의 황홀경을 보여 준다— 물든 배경 위로, 종종 보랏빛의—수녀들이 좋아하는 색깔,[3] 하늘의 커튼 뒤로 사그라지는 잉걸불— 배경 위로, 뱅골 불꽃[4]들을 가지각색으로 본뜬 이런 마술적인 배경 위로 밀거래하는 미녀[5]의 다양한 영상이 떠오른다. 미녀는 여기서는 위엄 있고 저기서는 가볍고, 때로는 날씬하고 가

날프기까지 하며, 때로는 건장하고, 때로는 작고 재기 발랄하며, 때로는 육중하고 거대하다. 미녀는 어떤 도발적이면서 야성적인 우아함을 고안해 냈거나 다소간 행복하게 상류사회에서 통용되는 단순함을 추구하기도 한다. 미녀는 그녀의 받침대로도, 추鎚로도 사용되는 자수가 놓이고 무거운 부푼 치마와 함께 앞으로 나가고 미끄러지고 춤추고 떠돈다. 그녀는 자신의 모자 아래로, 액자틀 속의 초상화처럼 뚫어지게 바라본다. 그녀는 문명 속의 야만성을 잘 보여 준다. 그녀는 악惡에서 유래한 아름다움을 지니고 있고 언제나 정신성이 결여되어 있으나 가끔 애수哀愁가 느껴지는 피곤함에 물들어 있다. 그녀는 먹이를 찾는 짐승처럼 지평선을 응시한다. 그와 똑같이 헤매고 똑같이 게으르게 방심하고 또 간혹 똑같이 주의를 기울인다. 정규 사회의 주변을 어슬렁거리는 보헤미안의 전형, 계략과 투쟁의 삶인 그녀 삶의 저속함이 그 화려한

*

2. 발렌티노Valentino, 카지노Casino, 프라도Prado, 티볼리Tivoli, 이달리Idalie, 폴리Folie, 파포Papho 등은 제2제정, 왕정복고, 7월 왕정 당시 성행했던 무도장들의 이름이다. 보들레르는 특히 '카지노' 가면무도회의 오랜 단골이었다고 한다.

3. 보들레르와 동시대 작가인 샹플러리(Jules Husson, 보통 Fleury라 불림, Champfleury, 1821~1869)는 만국박람회를 기해 출간한 『파리 안내서Paris Guide』 2권에서 이 부분과 조금 뒷부분을 인용하면서 보들레르가 현실을 말하고는 있지만 너무 어두운 면만 보고 있다고 지적한다.

4. 벵골 불꽃Bengal Light은 해난 신호나 무대 조명 등에 사용되는 선명한 청백색의 지속성 불꽃을 말한다.

5. 고급 창녀들을 일컫는다.

콩스탕텡 기스, 〈여자 노동자〉. 벨렝지에 담채, 잉크. 파리의 카르나발레 박물관 소장.

외관을 가로질러 여지없이 드러난다.[6] 우리는 누구도 흉내 낼 수 없는 거장 라 브뤼에르[7]의 말 중에 다음과 같은 말을 그녀에게 적용할 수 있다. "여자들 안에는 어떤 인공적인 위대함이 있다. 그것은 눈의 움직임, 얼굴의 분위기, 걷는 방식에 결부되어 있는데 인공적 위대함 그 이상은 아니다."

고급 창녀에 관한 고찰은 어느 정도까지는 여배우들에게도 적용될 수 있다. 여배우들 역시 화려한 여성이자 대중적 쾌락의 대상이기 때문이다. 그렇지만 여배우의 경우 정복 행위와 전리품이 더 고귀하고 정신적인 성질을 띤다. 여기서는 단지 순수한 육체적 아름다움뿐 아니라 가장 드문 재능들로써도 보편적인 호감을 얻어내는 것이 관건이다. 여배우는 한편으로는 고급 창녀와 관련이 있지만 다른 한편으로는 시인에 가깝다. 자연 상태의 아름다움과 심지어 인공적인 아름다움 말고도 모든 존재들 속에는 하나의 직업적인 고유성, 즉 육체적으로는 추함으로 번역되기도 하지만 일종의 전문가적인 아름다움으로도 번역될 수 있는 어떤 특성이 있다는 점을 잊지 말자.

런던과 파리의 삶이라는 이 거대한 전시실의 모든 층에서 우리는 서로 다른 유형의 떠도는 여자들, 반항하는 여자들과

*
6. 이 부분은 보들레르의 시, 「거짓말 사랑 L'Amour du mensonge」을 연상시킨다.
7. 보들레르가 여기서 인용하고 있는 부분은 수많은 잠언과 인물초상으로 이루어진 라 브뤼에르의 『성격론』 중 「여자들에 대해」라는 장章에 실려 있다.

마주친다. 우선, 자신의 젊음과 사치가 자랑스럽고 귀족 같은 분위기를 내려 하는, 한창 피어나는 고급 창녀를 만난다. 그 녀는 사치에 자신의 모든 재능과 영혼을 바친다. 그녀는 자기 주위로 넓게 퍼진 새틴, 실크 혹은 벨벳의 치맛자락을 두 개의 손가락으로 살짝 잡고서는 뾰족한 구두가 신겨 있는 발을 앞 으로 내밀고 있다. 그녀의 몸치장 전체에서 다소 심한 과장이 느껴지지 않는다 해도 그녀를 드러내는 데 충분할 만큼 장식 이 많이 되어 있는 구두이다. 계단을 따라 내려가면 종종 카페 처럼 장식되어 있는 이 누추한 곳들에 갇힌 노예들에게 이르 게 된다. 가장 인색한 후견하에 놓인 불행한 이 여자들은 자 기 고유의 것이 없으며 자신의 아름다움에 조미료가 될 만한 어떤 독특한 장신구조차 지니지 못한다.

그 가운데 몇몇은 순진하고 기괴한 거만의 표본 같은데, 살 아 있다는 분명한 행복감을 ―진정 그 이유는?― 대담하게 치 켜든 얼굴과 시선에 담고 있다. 가끔 그녀들은 일부러 그러려 고 하지 않아도 가장 섬세한 조각가를 황홀하게 했을 대담하 고 고귀한 자세를 지니게 된다. 이 시대의 조각가가 어디에서 든, 진흙탕에서조차 고귀함을 수확해 낼 용기와 재치가 있다 는 전제하에 하는 말이다. 때로 그녀들은 권태에 절망한 자세로, 대중카페의 무력감 속에서, 남성적인 냉소로, 시간을 죽이기 위해 담배를 태우면서, 동방 식으로 숙명을 감내하며 자신들의 낙담을 드러내 보인다. 그녀들은 소파 위에 드러누워 뒹굴거리는데 그 치마는 앞과 뒤에 두 개의 부채처럼 넓게 펼쳐져서 둥글게 되어 있다. 아니면 그녀들은 등받이 없는 의자와 등받이 있는 의자에 균형을 잡고 달라붙어 있다. 무겁고 활기 없고 멍청하고 기괴한 그녀들의 눈은 오드비[8]로 물들었고, 이마는 고집스러움으로 툭 튀어나와 있다. 우리는 나선형 계단의 맨 아래층까지, 라틴 풍자시인의 '페미나 심플렉스'[9]에까지 내려왔다. 때로는 술과 담배 연기가 뒤섞인 공기를 배경으로 폐결핵 때문에 곪은 수척함이나 비만증의 살집, 이런 나태함의 끔찍한 건강 상태가 보인다. 가난하고 순결한 사람들은 예상키 어려운 안개 자욱한 황금빛 혼돈 속에서 죽음의 님프들과 살아 있는 인형들이 동요하고 경련을 일으킨다. 그들의 아이 같은 눈에서는 음산한 빛이 흘러나온다. 그동안 술병들이

*

8. 오드비 l'eau-de-vie는 독한 술의 이름인데 보통 화주火酒로 번역된다.

9. 여기서 '라틴 풍자시인'은 쥬베날리스(Decimus Junius Juvenalis, 프랑스어로는 Juvénal, 55~140)를 말한다. 그의 『풍자시』VI의 327행에 '페미나 심플렉스 fœmina simplex'라는 표현이 나온다. '단순한 여성', '소박한 여성'으로 번역될 수 있다.

쌓여 있는 카운터 뒤쪽에서 뚱뚱한 악녀[10]가 거드름을 피우고 있다. 그녀의 머리를 더러운 스카프가 싸매고 있고 사악한 스카프 모서리가 벽에 그림자를 드리우고 있어 악惡에 헌신하는 모든 것은 뿔이 달려 있다는 점을 상기시킨다.

진정, 독자들의 눈앞에 이 같은 초상들을 늘어놓은 것은 독자를 분노케 하기 위해서도 아니고 기쁘게 하기 위해서는 더욱 아니다. 이렇든 저렇든 독자들에게 결례를 범하는 것이리라. 이 초상들을 귀하게 만드는 것, 그것들을 성스럽게 하는 것은 이 초상들이 탄생시키는 대체로 준엄하고 음울한 갖가지 생각들이다. 그렇지만 우연히 무분별한 어떤 이가 여기저기 거의 모든 곳에 흩어져 있는 G 씨의 작품들 속에서 병적인 호기심을 충족시켜 줄 기회를 찾으려 한다면 나는 자애롭게 그에게 경고하노니 그는 자신의 병적인 상상력을 자극할 그 어떤 것도 G 씨의 작품 속에서 찾지 못하리라. 그는 필연적인 타락만, 즉 어둠 속에 감춰진 악마의 시선 아니면 가스등 아래 번쩍거리는 메살리나[11]의 어깨만 만날 것이다. 오로지 순수한 예술만, 다시 말해 악惡의 특별한 아름다움, 끔찍한 것 속의 아름다움만을 만날 것이다. 지나면서 다시 말하자면 게다가 이 잡동사니들에서 풍겨 나오는 전체적인 느낌은 익살스러움보다는 슬픔을 더 담고 있다. 이 그림들의 특별한 아름다움을 만들어 내는 것은 그림에 가득 차 있는 풍부한 도덕성이다. 그림들은 암시로 가득 차 있는데 잔인하고 신랄한 암시들이어서 내 펜이 아무리 조형적인 재현에 맞서 싸우는 데 익숙해 있다 해도 그것들을 온전히 옮겨 놓지는 못했으리라.

*

10. 보들레르는 메제르mégère라는 단어를 쓰고 있는데 그에 해당하는 그리스이름인 메가이라Megaira는 그리스 신화에서 복수의 여신들(에리니에스 Erinyes) 중하나이다. 보통 '악녀'의 대명사로 여겨진다. 영역판에서는 보들레르의 이 단어를 악처로 유명한 소크라테스의 아내 이름인 크산티페Xanthippe로 옮기고있다.

11. 메살리나(라틴어로 Valeria Messalina, 프랑스어로는 Messaline, ? ~ 48)는 로마의 황후로 클라우디우스Claudius의 부인이자 옥타비아Octavia와 브리타니쿠스Britannicus의 어머니이다. 황제에게 지대한 영향력을 행사하였고 방탕한 생활로 유명했으며, 심지어 매춘을 하기도 하였다. 자신의 애인 실리우스Silius와결혼하려다 황제에게 발각되어 죽음을 맞는다.

13

마차

　그렇게 셀 수 없는 갈림길로 중단되기도 하면서 '상류사회 high life'와 '하류사회low life'의 이 기나긴 전시실은 계속된다. 순수하다고 하기 뭣하면 좀 더 세련되었다고 할 어떤 세계로 잠시 옮겨가 보자. 아마도 더 유익하지는 않겠지만 더 섬세한 향기를 들이마셔 보자. 나는 이미 으젠느 라미[1]의 붓처럼 G씨의 붓이 댄디즘의 호사와 멋 부리기의 우아함을 재현하는 데 아주 적당하다고 말했다. 부자들의 태도는 그에게 익숙하다. 그는 가벼운 깃털의 선線으로 절대 실수가 없이 확실하게, 특권층의 사람들로서는 행복에 겨운 권태의 결과인 변하지 않는 시선과 몸짓과 자세를 그려낼 줄 안다. 이 특이한 데생 연작에서 운동경기, 경마, 숲 속 산책의 크고 작은 일들과 함께, 여자들과 꼭 같게 예쁘장하고 화려하고 변덕스러운 멋진 실루엣의 순수혈통 경주마들을 꽉 잡고 몰고 있는 오만한 '귀부인ladies'들, 가냘픈 '미스misses'들이 수천 가지 모습으로 그려진다. G 씨가 말馬 일반에 정통할 뿐더러 그의 재능이 여러 말들 각각의 고유한 아름다움을 표현하는 데에 잘 들어맞기 때문이다. 어떤 때는 수많은 마차들의 작은 정거장, 말하자면 마차들의 야영장이 그려진다. 거기에서 늘씬한 청년들과 계절이 허용한 이상한 옷차림의 여인들이 방석과 좌석, 마차 지붕 위의 좌석에서 몸을 꼿꼿이 세워 저 멀리서 내달리는 경마의 장관을 참관하고 있다. 또 어떤 때는 기수 하나가 포장을 접은 사륜마차 옆에서 우아하게 말을 달린다. 그 말은 앞 다리를 가볍게 구부려 자기 방식대로 인사를 하는 듯하다. 마차는 그림자와 빛으로 빗금이 쳐진 어떤 길 위로 미인들을 빠른 속도로 실어 나르고 있는데, 그녀들은 작은 배 안인 듯 좌석에 느긋하게 드러누워 어렴풋이 귓가로 들려오는 감미로운 말들을 들으면서 산책로로 불어오는 바람에 태평스럽게 자신들을 맡기고 있다.

모피나 모슬린이 그녀들의 턱까지 올라오고 마차문 밖으로 파도처럼 넘실대고 있다. 하인들은 경직되어 있고 수직으로 서 있으며 생기 없고 서로서로 비슷해 보인다. 그것은 언제나 성실하고 맹종하는 노예성의 지루하고 입체감 없는 초상이다. 그들의 특징이란 아무런 특징이 없다는 점이다. 멀리 보

★
1. 으젠느 라미(Eugène Lami, 1800~1890)는 앞선 장章, 「풍속의 크로키」에서 이미 언급된 화가이다. 귀족적인 우아함을 사랑한다고 소개되었다.

콘스탕탱 기스, 〈불로뉴 숲에서의 인사〉. 펜, 담채. 파리의 프로스트 부인 소장.

이는 숲은 시간과 계절에 따라 초록빛이나 다갈색 빛으로 변하고 햇빛을 받아 반짝거리거나 어두워진다. 숲 속의 빈터는 가을 안개로, 푸른 그림자들로, 노란 빛줄기로, 장밋빛 광채들로, 아니면 검으로 내리치듯 어둠을 가르는 가느다란 빛줄기들로 채워진다.

   동방 전쟁에 관한 수많은 수채화들[2]이 풍경화가로서의 G 씨의 능력을 보여 주지 못했다면 분명 이 그림들은 그것을 충분히 보여 준다. 그렇지만 여기서는 크림전쟁으로 분열된 땅들도, 보스포로스 해협의 작위적인 연안도 다루어지지 않는다. 우리는 하나의 대도시를 둘러싸 장식하는 친숙하고 내밀한 풍경들을 알아본다. 그 풍경 속에서 빛은 진정으로 낭만적인 예술가라면 그냥 지나칠 수 없는 여러 인상들을 던져 놓고 있다.

이참에 관찰해 볼 만한 또 다른 그의 장점은 마구馬具와 마차 차체에 관한 해박한 지식이다. 마치 해양화가가 모든 선박에 정통하듯, G 씨는 한 대의 마차와 모든 종류의 마차를 똑같은 정성으로 자유자재로 그려내고 채색한다. 그의 모든 마차들은 완벽하게 정통 마차들이다. 모든 부분이 있어야 할 자리에 있고 아무것도 다시 손봐야 할 것이 없다. 어떤 자세로 포착되든, 어떤 속도로 내달리든 하나의 마차는 대형 선박과도 같이 그 움직임에서 속기速記하기 어려울 만큼 신비롭고 복합적인 우아함을 얻는다. 거기에서 예술가의 눈이 얻는 기쁨은 선박이든 마차든 이미 복잡할 대로 복잡한 이 사물이 연속적으로 빠르게 공간 속에 꺼내어 놓는 일련의 기하학적 형태에서 얻어지는 듯하다.

우리는 확실하게 장담할 수 있는데, 머지않아 G 씨의 데

*
2. 이에 대해서는 이 글의 다른 몇몇 장章에서 자세히 다루고 있다.

콩스탕텡 기스, 〈마차와 네 필의 말〉. 펜, 담채. 개인 소장. 하단 왼쪽의 표시로
보아 이전엔 〈나다Nadar 컬렉션〉에 속했던 것으로 보인다.

생 작품들이 문명화된 삶의 귀중한 자료가 될 것이다. 호기
심 있는 사람들은 드뷔쿠르, 모로,[3] 생−토뱅, 카를르 베르네
Carle Vernet, 라미, 드베리아, 가바르니 같은 화가들의 작품만
큼, 그리고 친숙하고 예쁜 것만 그렸으나 나름대로 진지한 역
사가들인 모든 탁월한 화가들의 작품만큼 그의 작품들을 찾
으리라. 그들 가운데 여럿이 너무 예쁜 것에만 몰두하기도 했
고 간혹 작품 주제에는 어울리지 않는 고전적 '양식style'을 자

콩스탕탱 기스, 〈불로뉴 숲에서〉. 벨렝지에 수채 물감, 잉크. 파리의 카르나발레 박물관 소장.

신의 작품 속에 도입하기도 했다. 여러 사람이 의도적으로 모난 부분들을 둥글리고 삶의 혹독함을 무디게 하기도 했으며 그 강렬한 섬광들을 가라앉혔다. 그들보다 덜 능숙한 G 씨는 자신에게 맞는 깊이 있는 장점을 지녔다. 그는 다른 예술가들이 무시하는 역할을 자발적으로 수행했다. 그것은 무엇보다도 '세계인'이 행할 역할이었다. 그는 일시적이고 덧없는 현재 삶의 아름다움을 찾아, 독자가 우리에게 '현대적인 것la

*
3. 장 미셸 모로(Jean-Michel Moreau, 1741~1814)를 가리키는 것으로 추정된다. 그는 삽화가이자 판화가였는데 형과의 구별을 위해 '젊은 모로Moreau le jeune'라고도 불렸다.

modernité'이라 부르도록 허락한 것의 특징을 찾아 어디든 다녔다. 종종 이상하고 거칠고 과도하지만 언제나 시적인 그는 자신의 데생들 속에 생生의 포도주, 그 쓰거나 독한 맛을 농축해 담을 줄 알았다.

웃음의 본질에 관해,
그리고 조형예술 속의
보편적 희극성에 관해

1

나는 캐리커처에 관한 한 편의 개론서를 쓰고자 하는 것이 아니다. 단지 이 독특한 장르에 관해 내게 자주 떠오르는 몇 가지 생각을 독자들에게 알리고자 할 뿐이다. 이 생각들은 내게 일종의 강박관념이 되었으므로 나는 거기에서 좀 풀려나고 싶었다. 그 밖에 나는 이 생각들에게 모종의 질서를 부여하고 그것들이 좀 더 쉽게 소화되도록 모든 노력을 기울였다. 그러니 이 글은 순전히 철학적이고 예술적인 글이다. 심각하든 가볍든, 국가 정신과 관련되든 아니면 유행과 관련되든, 인류를 동요시킨 정치적이고 종교적인 모든 사실들과 관계 지어 캐리커처의 일반적 역사를 살펴보는 것은 아마도 영광스럽고 중요한 작업이리라. 이 작업은 장차 해야 할 일로 여전히 남아 있는데, 왜냐하면 지금까지 발간된 글들은 자료들일 뿐이기 때문이다. 그런데 나는 이 작업을 둘로 구분해야 한다고 생각했다.[1] 캐리커처에 관한 이런 식의 저서가 사실들의 역사이며 일화들의 거대한 진열실이라는 점은 분명하다. 다른 종류의 예술 분과에서처럼 캐리커처에도 두 종류의 작품이 있는데 그것들이 소중하며 권장되는 이유가 서로 다르며 심지어 거의 반대되기도 한다. 한쪽의 작품들은 그것들이 보여 주는 사실로써만 가치가 있다. 아마도 역사가나 고고학자, 또 철학자들까지도 그것들에 관심을 가질 만하다. 그런 작품들은 국립 문서보관소에 보관되어 있는 인류 사상의 전기傳記적인 기록들 속에 자리 잡을 것이다. 신문·잡지의 금방 사라지는 낱장들처럼 그것들은 또 다른 새로운 낱장들을 가져다 주는 쉼 없는 바람에 의해 사라지게 되리라. 그런데 내가 특별히 몰두하고자 하는 다른 작품들은 신비하고 지속적이며 영원한 어떤 요소를 지니고 있어서 예술가들이 주의를 기울일 만한 것들이다. 인간에게 그 자신의 윤리적, 육체적 추함을 보여 주도록 예정돼 있는 작품[2]에까지도 아름다움의 이런 붙잡기 힘든 요소를 도입하는 것은 얼마나 흥미롭고 주의를 기울일 만한 일인가. 참으로 관심을 가질 만한 일이다! 또, 그만큼 신기한 일은 이런 통탄할 만한 흥행물[3]이 사그라지지 않

1. 보들레르는 캐리커처의 역사 부분은 아마도 동시대 작가인 샹플러리와 상의 하에 포기한 것으로 추정된다. 아닌 게 아니라, 샹플러리는 1865년 덩튀Dentu 출판사에서 『고대 캐리커처의 역사*Histoire de la caricature antique*』와 『현대 캐리커처의 역사*Histoire de la caricature moderne*』를 발간했으며, 두 번째 저서를 발간할 때 보들레르에게 협조를 요청했고 보들레르의 글을 상당 부분 인용했다.
2. 캐리커처를 가리킨다.
3. 역시 캐리커처를 가리킨다.

고 치유 불가능한 즐거움을 인간에게 준다는 점이다. 이것이 바로 이 글이 다룰 바이다.

불안감이 엄습한다. 심각한 교수—심사위원들, 진중함을 내세우는 협잡꾼들, 탐욕스런 유령들처럼 학술원[4]의 차가운 지하 분묘에서 튀어나와 관대한 정부政府 부처로부터 몇 푼 뜯어내려고 산 자들의 땅으로 되돌아 온 현학적인 시체들[5]이 심술궂게 질문을 제기하려 하리라. 이 글의 선결 문제가 될 그 질문에 증거를 제시하며 정식으로 답변을 해야 할 것인가? 우선 그들은 캐리커처가 하나의 장르냐고 물을지 모르겠다. 아니라고, 캐리커처는 하나의 장르가 아니라고 그들의 공범자들은 답하리라. 아카데미 회원들의 만찬에서 그 비슷한 이상한 얘기들이 내 귀에 들려왔다. 이 용감한 자들은 로베르 마케르[6]의 코미디에서 정신적·문학적인 거대한 징후들을 알아보지 못한 채 그것들을 흘려보냈다. 라블레[7]의 시대에 살았다면 그들은 라블레를 비루하고 저속한 어릿광대로 취급했으리라. 그러니 진정, 인간으로부터 나온 것은 어떤 것도 철학자의 눈에는 가볍지 않은 것이 없다는 것을 증명해야 하겠는가? 확신컨대, 어떤 철학도 지금까지 깊이 있게 분석하지 못한 것이 무엇보다도 이 깊고도 신비로운 요소이리라.

그러므로 우리는 웃음의 본질과 캐리커처의 구성요소들에 전념할 것이다. 조금 후에 아마도 우리는 이 장르에서 생산된 가장 주목할 만한 작품 몇 편을 검토할 것이다.

2

"현자는 두려움에 떨면서만 웃는다."[8] 어떤 권위에 찬 입술들에서, 어떤 완전히 근본주의적인 펜대에서 이 이상하고 충

*

4. 모두 다섯 개의 아카데미Académies로 이루어져 있는 프랑스 학술원Institut de France을 가리킨다.
5. 이 부분에는 이미 한물간, 그렇지만 정부로부터 다양한 보조를 받고 있는 보수적인 아카데미 회원에 대한 비판이 담겨 있다.
6. 로베르 마케르Robert Macaire는 벵자멩 앙티에Benjamin Antier, 생타망Saint-Amand, 폴리앙트Paulyanthe가 1823년에 만든 3막으로 이루어진 멜로드라마 『아드레씨네 여관*Auberge des Adrets*』에 등장하는 주인공이다. 후일 앙티에는 그 역할을 맡았던 명배우 프레데릭 르메트르Frédérick Lemaitre를 위해 1834년 그와 함께 『로베르 마케르*Robert Macaire*』라는 4막의 작품을 다시 쓴다. 그런데 이 공연은 금지되었고 이를 안타깝게 여긴 샤를르 필립퐁Charles Philipon은 대신 이 인물을 그림으로 표현하고자 했다. 그 작업은 도미에에게 맡겨졌고 도미에는 1836년 『르 샤리바리(*Le Charivari*, '시끄러운 소리'를 뜻한다)』에 「101가지 로베르 마케르Cent et un Robert Macaire」 연작을 싣게 되었다.
7. 라블레(François Rabelais, 1494~1553)는 수도자, 의사, 해부학 교수, 신부 등 여러 직업을 갖고 있었고 작가로서 『팡타그뤼엘*Pantagruel*』(1532)과 『가르강튀아*Gargantua*』(1534)를 쓰기도 했다. 이 두 작품은 인문주의자의 열정과 철학이 담겨 있는 희극적 영웅담으로 유명하다.
8. 이 간결한 표현을 조금 더 풀어 쓰자면, '현자는 웃을 때 늘 불안에 떤다.'고 할 수 있겠다.

격적인 금언이 떨어졌는가?[9] 유태의 철학가—왕으로부터 나온 것인가? 성령聖靈에서 기운을 얻는 병사, 조제프 드 메스트르가 한 말이라 해야 할까? 나는 그의 책 중 한 권에서 그것을 읽은 기억이 어렴풋이 나지만 그 책도 다른 책에서 인용한 것이었다. 사유와 문체의 이 같은 준엄함은 보쉬에의 장엄한 성스러움과 잘 어울린다. 그러나 사유를 생략하는 표현 방식이나 극도로 세련된 섬세함으로 나는 이 말의 영광을 준엄한 기독교 심리학자인 부르달루[10]에게 돌릴 것이다. 이 독특한 금언은 내가 이 글의 계획을 잡은 이후로 줄곧 머릿속에 떠올라 나는 우선 그 말에서 벗어나고자 했다.

그러니, 이 희한한 명제를 분석해 보자.

현자, 즉 **구세주**의 정신에서 활기를 얻는 사람, 성스러운 글귀를 자유자재로 사용하는 그는 웃지 않으며, 웃음에 자신을 내맡길 때면 두려움에 떤다. **현자**는 자신이 웃었다는 사실을 두려워한다. 그는 마치 세속적인 흥행물과 욕망을 두려워하듯 웃음을 무서워한다. 그는 유혹의 언저리에서처럼 웃음의 언저리에서 멈춰 선다. 그러므로 현자에 의하면, 자신의 현자로서의 성격과 웃음의 원초적 특성 사이에는 일종의 모순이 있는 것이다. 실제로 더할 나위 없이 엄숙한 기억들을 조금만 되살려 보더라도, **말씀의 화신**Verbe Incarné인 가장 뛰어난 **현자**는 웃은 적이 없다는 점—이 점은 이 금언이 공공연하게 기독교적인 색채를 띠고 있음을 완벽하게 입증한다—을 지적하게 된다. 무엇이든 알고 무엇이든 할 수 있는 자의 눈에는 코미디가 존재하지 않는다. 그렇지만 말씀의 화신은 분노를 겪었고 눈물까지도 경험했다.

그러므로 다음과 같은 점을 알아두시라. 우선, —아마도 기독교도인— 작가가 한 명 있는데, 마치 웃음 뒤에 정체 모를 불안감과 근심이 남기라도 하듯 현자는 웃음을 자기 자신에게 허락하기 전에 면밀히 검토한다는 것을 그 작가가 확신한다는 점을 말이다. 둘째로, 코미디는 절대적인 지식과 힘의 관점에서는 사라져 버린다는 점을. 그런데 이 두 명제를 뒤집어 본다면 웃음은 대개 미친 자들의 전유물이며 늘 다소간의 무지와 약함을 내포한다는 사실이 도출된다. 위험을 무릅쓰고 신학의 바다에 뛰어들 생각은 전혀 없다. 내게는 그러기 위해 필요한 나침반도 충분한 돛도 없으니까. 나는 그저 독자들에게 이 독특한 지평들을 손가락으로 가리키고 보여 주는 데 만족한다.

*
9. 이 말은 17세기 프랑스 작가 보쉬에가 한 말이다. 보들레르는 그의 『코미디에 관한 명언들과 사유들Maximes et réflexions sur la comédie』에서 이 말을 발췌했다.
10. 부르달루(Louis Bourdaloue, 1632~1704)는 17세기 최고의 설교자로 알려져 있다.

근본주의자의 관점에서 본다면 인간의 웃음은 오래된 타락[11]이라는 육체적, 정신적 쇠퇴라는 사건과 밀접하게 연결되어 있음이 확실하다. 웃음과 고통은 선이나 악의 계율과 지혜가 존재하는 신체 기관들에 의해 표현된다. 바로 눈과 입이다. 지상의 천국에서는 ─신학자들처럼 그것이 이미 지나갔다고 여기든, 혹은 사회학자들처럼 그것이 다가올 것이라고 여기든, 기억이든 예언이든─ 그러니까 창조된 모든 것들이 선하다고 여겨지던 환경에서는 기쁨이 웃음 속에 있지 않았다. 어떤 고통도 인간의 마음을 아프게 하지 않았으므로 인간의 얼굴은 단순했고 통일되어 있었으며, 현재 여러 나라를 동요시키고 있는 웃음은 인간 얼굴의 표정을 전혀 일그러뜨리지 않았다. 웃음과 눈물은 환희의 천국에서 모습을 드러낼 수 없다. 그것들은 또한 고통의 자녀들이며 인간의 무기력한 육체가 그것들을 억누를 힘이 부족했기 때문에 나타났다.[12] 앞서 말한 기독교적인 철학자의 관점에서 보자면, 인간의 입술 위 웃음은 그의 눈 속 눈물만큼이나 크나큰 불행의 징후이다. 자신의 이미지를 증식시키기 원했던 **존재자**[13]가 인간의 입에 사자의 이를 넣지 않았지만 인간은 웃음으로써 물어뜯는다. 존재자가 뱀의 매혹적인 모든 책략을 인간의 눈에 집어넣지 않았지만 인간은 눈물로써 유혹한다. 그리고 인간이 인간의 고통을 씻는 것은 눈물을 통해서이며 간혹 인간이 인간의 가슴을 달래고 사로잡는 것은 웃음을 통해서라는 점에 주목하시라. 타락으로 인해 생겨난 현상들은 속죄의 수단이 될 것이므로.

이런 여러 주장이 정당하다고 입증하기 위해 하나의 시적詩的 가설을 세워 볼 테니 허락하시기를. 아마도 많은 사람이 이런 주장들에는 신비주의적 선입견a priori이 겹겹이 쌓여 있다고 여길 것이다. 코미디가 비난받을 만한 요소이며 악마적인 기원을 갖고 있으니 완전히 원시적인, 이를테면 자연의 손에서 탄생한 하나의 영혼을 우리 앞에 떠올려 보자. 완벽하게 절대적인 순수함과 순진함을 상징하는, '비르지니'[14]라는 위대하고 전형적인 인물을 예로 들어 보자. 비르지니가 파리에

★

11. 에덴동산에서 쫓겨나게 된 인간의 '원죄'를 가리킨다.

12. 보들레르는 이 문장이 필립 드 쉔느비에르의 것이라고 주를 달고 있다. 실제로 이 부분은 장 드 팔레즈Jean de Falaise라는 필명으로 필립 드 쉔느비에르 Philippe de Chennevières가 1842년에 쓴 『노르망디 단편들』에서 가져온 것인데, 사실 이 문장뿐 아니라 이 문단 대부분이('지상의 천국에서는~' 부분부터 이 문단 끝까지) 이 책에서 빌려 온 것이다. 초판에서 괄호로 묶었다가 이후 인쇄상의 문제 때문에 인용부호를 하지 않은 것으로 추측된다.

13. 존재자l'Être는 기독교의 신, 하나님을 가리킨다.

14. 비르지니Virginie는 베르나르댕 드 생-피에르Bernardin de Saint-Pierre가 쓴 『폴과 비르지니Paul et Virginie』(1788)의 여주인공이다. 인도양 모리스 섬 Ile Maurice 의 자연 속에서 태어나 자란 순수한 처녀 비르지니는 성장 후 어머니와 사랑하는 폴Paul의 곁을 떠나 파리로 오게 되는데, 결국 도시 생활에 적응하지 못하고 다시 고향으로 돌아가다가 풍랑을 만나 사랑하는 폴의 눈앞에서 비극적인 죽음을 맞게 된다.

도착했을 때 그녀는 여전히 바다의 안개에 젖어 있었고 열대의 태양 빛을 품고 있었으며, 눈은 파도와 산과 숲의 거대한 원시적 풍광을 가득 담고 있었다. 비르지니는 소란스럽고 바글거리고 악취를 풍기는 문명 한가운데로 떨어진다. 인도[15]의 순수하고 풍성한 향기에 완전히 젖어 있는 비르지니가 말이다. 가족에 의해, 사랑에 의해, 자신의 어머니에 의해, 그녀처럼 천사 같고 자기도 모르게 싹튼 사랑의 채워지지 않는 열정에 있어서는 여성 같은 감수성을 지닌 애인 폴에 의해 그녀는 인류에 연결되어 있다. 신神에 대해 말하자면, 그녀는 매우 소박하고 아주 초라한 작은 교회인 '팡플르무스'[16] 교회에서, 형용할 수 없는 거대한 열대의 푸른 하늘 속에서, 숲과 천둥의 불멸의 음악 속에서 신神을 배웠다. 분명 비르지니는 매우 총명하다. 그러나 현자에게 아주 조금의 책이 충분하듯 그녀는 아주 적은 그림과 기억으로 충분하다. 그런데 어느 날 비르지니는 의도치 않게 우연히 팔레-루와이얄[17]에서, 사람들이 많이 다니는 어떤 곳의 유리 격자창 너머로, 테이블 위에 놓인 캐리커처 하나와 만난다! 예리하고 권태에 빠진 문명이 만들어 낼 것 같은 악의와 앙심을 가득 품고 있지만 우리에게는 아주 매력적인 한 편의 캐리커처 말이다. 권투 선수들이 벌이는 어

떤 재치 있는 익살극과, 응고된 피로 가득하고 몇몇 망측한
'욕설들'로[18] 흥취를 돋우는 어떤 영국 식의 터무니없는 행동
을 떠올려 보자. 아니면 우리의 순결한 비르지니의 눈앞에 매
력적이며 신경에 거슬리는 어떤 불순물이, 뛰어난 작가 중 하
나인 그 시대의 가바르니[19] 작품 하나가, 궁정의 광기들을 욕
하는 어떤 풍자극이, 파르크-오-세르프[20]에 대한, 아니면 왕
의 애첩의 타락한 사례들이나 본보기가 될 만한 오스트리아
여자[21]의 밤 외출에 대한 멋들어진 비난이 놓여 있다고 상상
해 보자. 만약 그쪽이 당신의 호기심 어린 상상력에 더 맞다면
말이다. 캐리커처는 이중적이다. 데생과 아이디어가 있기 때
문이다. 데생은 폭로하고 아이디어는 날카로우며 가려져 있
다. 자신과 같이 단순한 것들을 본능으로 이해하는 데에 익숙

*
15. 모리스 섬이 인도양에 위치해 있고 주민의 반 이상이 인도 이주민이기 때문
   에 보들레르는 이렇게 표현하고 있다.
16. 팡플르무스Pamplemousse는 '자몽'이라는 의미를 지닌 프랑스어이다. 보들레르
   가 1841년 모리스 섬으로 여행을 갔을 때 이 교회에 들른 것으로 추측된다.
17. 팔레-루와이얄Palais Royal은 파리 중심부에 위치하고 있는데 그 정원이 산책
   로로 유명하다. 근처에는 대형 박물관인 루브르Louvre와 고전극 상연 극장인
   코미디 프랑세즈Comédie Française가 있다.
18. 원문에는 갓댐goddam이라고 나와 있다. 이 말은 제기랄, 빌어먹을 등으로 번
   역되는 영어 욕설이다.
19. 가바르니는 「현대 생활의 화가」에서도 몇 번 언급된, 보들레르 당대 최고의
   캐리커처 화가 중 한 명이다.
20. 파르크-오-세르프Parc-aux Cerfs는 베르사이유 궁에 있던, 루이 15세가 매춘
   부를 만나던 곳이다.

한 순진한 사람에게는 곤란한 요소들이 얽혀 있는 것이다. 비르지니는 무심코 봤다. 그리고 이제 비르지니는 유심히 본다. 어째서? 그녀는 미지의 것을 바라본다. 게다가 그녀는 그것이 무엇을 의미하는지도, 그것이 무엇에 소용되는지도 전혀 모른다. 그렇지만 갑작스럽게 날개[22]가 접히는 것이, 자신을 감추고 물러서고자 하는 한 영혼이 떠는 것이 보이는가? 거기에 바로 치욕스러운 일이 있음을 천사는 느꼈다. 그리고 여러분에게 말하건대 사실 비르지니가 이해했든 이해 못했든 그 느낌은 비르지니에게 공포와 닮은, 정체 모를 불안감을 남길 것이다. 아마도 비르지니가 파리에 계속 머물고 지식을 쌓는다면 비르지니는 웃게 되리라. 왜 그런지를 우리는 알게 될 것이다. 분석가이자 비평가이지만 지능이 비르지니보다 낫다고 감히 단언하지 못하는 우리는 여하튼 지금으로서는, 캐리커처 앞에서 순결한 천사가 느끼는 근심과 고통을 목격한다.

3

코미디가 인간의 악마성을 드러내는 가장 뚜렷한 표지 중 하나임을, 또한 선악과[23] 속에 들어 있는 여러 개의 씨앗 중 하나라는 점을 증명하기 위해서는 이 괴상한 현상의 근본적 원인에 대해 웃음을 연구하는 생리학자들이 만장일치로 동의하면 충분하리라. 그런데 그들이 발견한 것은 별로 깊이가 없고 더 발전되지 않는다. 그들이 말하기를, 웃음은 우월성에서 비롯된다고 한다. 이런 발견 앞에서 생리학자들이 자신들의 우월성을 생각하며 웃음을 터뜨린다고 해도 나는 놀라지 않으리라. 그러므로 이렇게 말했어야 한다. 웃음은 자기 자신의 우월성을 의식할 때 생겨난다고. 유례없이 사악한 의식에서 생겨난다고! 자만심과 착란! 그런데 종합병원의 모든 미치광이들이 자기 자신의 우월감을 과도하게 의식하고 있다는 점은 주지의 사실이다. 나는 도무지 겸손한 광인을 본 적이 없다. 광기의 표현 가운데 웃음이 가장 빈번하며 가장 다양한 표현 중 하나임에 주목하자. 그리고 모든 것이 어떻게 잘 들어맞는지 보시라. 비르지니가 타락하여 순수함에서 한 등급 내려가게 되었을 때 비르지니는 자신의 우월성을 의식하기 시작할 것이며 세속적 관점에서 보자면 조금 더 유식해지고

*
21. 루이 16세의 부인, 마리 앙투아네트Marie Antoinette를 일컫는다.
22. 바로 뒤에 비르지니를 천사에 비유하는 표현이 나온다.
23. 구약 성서 창세기에 등장하는 과일로 선과 악을 구별하는 분별력이 생기게 한다. 아담과 이브가 여호와의 계명을 어기고 이것을 따 먹은 후 에덴동산에서 쫓겨났다.

그리하여 웃으리라.

웃음 속에는 쇠약의 징후가 있다고 나는 말했다. 그리고 실제로, 신경의 경련과 재채기에 비견할 만한, 타인의 불행을 목격했을 때 발생하는 의도치 않은 발작보다 더 현저한 나약함의 표지가 있을까? 타인의 불행이란 거의 항상 정신의 나약함에서 비롯된다. 나약함이 나약함에 결합되는 것보다 더 통탄할 현상이 있을까? 그러나 더 나쁜 것이 있다. 타인의 불행이 간혹 아주 열등한 종류일 수 있다. 육체적인 결함이 그렇다. 우리 삶에서 가장 일반적인 예들 중 하나를 들자면, 얼음 위에서 미끄러지거나 보도블록에 걸려 넘어지는 사람, 인도의 가장자리에서 비틀거리는 어떤 사람의 모습에서 그토록 즐거움을 느끼는 이유는 무엇인가? 그 광경에 예수 그리스도 같은 그의 형제의 얼굴이 무질서하게 일그러지고, 그 얼굴의 근육들이 정오의 괘종시계나 튀어 오르는 장난감처럼 급작스럽게 움직인다. 이 불쌍한 악마는 적어도 흉하게 되고 아마도 팔다리 중 중요 부위 하나가 부러졌으리라. 그렇지만 견딜 수 없고 급작스런 웃음은 이미 터져 버렸다. 이 상황을 좀 더 파고들면 웃는 자의 생각 깊숙한 곳에서 무의식적인 자만심을 발견하게 되리라는 점은 확실하다. 바로 거기에 출발점이 있다. 나, 나는 넘어지지 않는다. 나, 나는 똑바로 걷는다. 나, 내 발은 튼튼하고 자신 있다. 인도가 끊기는 것을, 혹은 보도블록이 길을 막고 있는 것을 못 보는 어리석음을 범한 것은 내가 아니다.

낭만주의파, 혹은 조금 더 낮게 표현한다면 낭만주의파의 한 분과인 악마파는 이러한 웃음의 핵심적인 법칙을 잘 이해했다. 아니면, 그들 모두, 지독한 엉뚱함과 과장에 빠져 있는 그들 모두가 그것을 이해하지는 못했다 해도 적어도 그것을 느끼고 제대로 활용은 했다. 멜로드라마의 모든 이교도들은 웃음에 있어 순수 정통파이다. 저주받고 천벌을 받는 그들은 필연적으로 귀까지 길게 입을 삐죽거리는 모습으로 표가 난다. 게다가 그들 거의 모두는 적자이든 사생아이든 성직자 마튀랭이 창조한 위대한 악마, 저 유명한 여행가 멜모트[24]의 손자들이다. 가엾은 인류를 보건대 이 창백하고 권태로운 멜모

★

24. 『방랑자 멜모트 *Melmoth the Wanderer*』는 반은 인간이고 반은 악마인 멜모트의 끔찍한 이야기를 다루고 있다. 그는 힘과 지식을 얻기 위해 자신의 영혼을 팔았는데, 곧 자신의 거래를 후회하여 자신의 자리와 바꿀 그 누군가를 찾아 세상을 떠돌아다닌다. 죽음에 직면하고 갖가지 불행에 처한 사람들을 끈질기게 찾아다니지만 결국 그의 제의를 받아들일 사람을 만나지는 못한다.

성직자 마튀랭(le Révérend Charles Robert Maturin, 1780~1824)이 지은 『방랑자 멜모트』는 1820년 영국 에딘버러에서 처음 출간되었고 그 다음 해부터 두 차례에 걸쳐 프랑스어로 번안되었다. 1859년에서 1860년 사이 보들레르는 마튀랭의 『베르트람 *Bertram*』을, 1865년에는 『멜모트』를 번역할 의향이 있었다. 보들레르 외에 초현실주의 시인 앙드레 브르통(André Breton, 1896~1966)도 마튀랭의 음울하고 악마적인 작품들에 찬사를 보낸 바 있다.

트보다 더 위대하고 더 힘 있는 것은 무엇인가? 그렇지만 그의 안에 약하고 비열하고 경망스럽고 멍청한 부분이 있다. 그리하여 미숙한 인간들에 끊임없이 비견되면서 그토록 강하고 그토록 영리한 그가, 인간을 조건 지우는 육체적·지적 법칙들이 더 이상 적용되지 않는 그가 어찌나 웃는지, 그가 어찌나 웃는지! 그리고 이 웃음은 그의 분노와 그의 고통의 끊임없는 폭발인 것이다. 다음의 내 얘기를 잘 이해하시기를. 그 웃음은 인간에 비해서는 한없이 위대하고, 절대적인 **진리**와 **정의**에 비해서는 한없이 비열하고 천하다는 멜모트 자신의 모순적인 본성의 필연적 결과이다. 멜모트는 살아 있는 모순이다. 그는 삶의 기본적인 조건들에서 태어났다. 그의 신체 기관들은 그의 생각을 더 이상 견디지 못한다. 그렇기 때문에 이 웃음은 속내를 얼어붙게 하고 비틀어 버린다. 그것은 변함없이 자신의 길을 가서 신神에 의해 예정된 명령을 수행하는 질병과도 같이 절대 잠들지 않는 웃음이다. 자존심의 가장 드높은 표현인 멜모트의 웃음은 면죄되지 않는 웃는 자의 입술을 불태우면서 끊임없이 자신의 기능을 수행한다.

4

이제, 정리를 좀 해 보고 좀 더 분명하게 일종의 웃음 이론이 될 기본 명제들을 수립해 보자. 웃음은 악마적이며, 그리하여 그것은 매우 인간적이다. 그것은 인간의 내면에 있는 자기 자신의 우월성에 대한 의식의 결과이다. 그리고 정말이지 웃음은 본질적으로 인간적이기 때문에 모순적인데, 즉 웃음은 무한한 위대함의 표시, 동물들에 비해서는 무한한 위대함의 표시인 동시에 무한한 비천함의 표시, 인간이 개념화한 '절대 존재'에 비해서는 무한한 비천함의 표시이다. 웃음이 터지는 것은 바로 이 두 무한함으로부터 야기되는 멈추지 않는 쇼크에서이다. 웃음의 힘, 코미디는 웃는 자 속에 있지 절대 웃음의 대상 속에 있지 않다. 넘어진 사람이 자기가 넘어진 것에 대해 웃는 일은 없다. 적어도 그가 철학자가 아니라면, 즉 습관을 통해 자기 자신을 재빠르게 둘로 분리하여 무심한 관찰자로서 자아의 여러 상태를 목도하는 능력을 기른 사람이 아니라면 말이다. 그런데 그런 경우는 드물다. 가장 우스꽝스러운 동물들은 가장 진지한 동물들이다. 원숭이들과 앵무새들이 그렇다. 게다가 만약 인간이 창조력을 상실한다고 가정해 보시라. 그렇다면 더 이상 코미디는 존재하지 않으리라. 왜냐하면 동물들은 자신들이 식물에 비해 우월하다고 여기지 않으며 식물들도 광물에 비해 자신들이 우월하다고 여기지 않기 때문이다. 수많은 지적 차원의 천민들을 나는 바보라고 표현하는데, 바보들에 대한 우월감의 표시인 웃음은 현자들에 대한 열등감의 표시이고 명상을 하는 현자들은 그 정신이 맑아서 어린아이에 가깝다. 우리에게 그럴 권리가 있듯이 전全 인류를 인간에 비유해 보면 마치 비르지니처럼 원시 국가들이 캐리커처를 만들지 않고 코미디를 갖고 있지 않다는 점을 ―어떤 나라의 것이든지, 성전聖典은 절대 웃지 않는다―, 또한 그 국가들이 조금씩 지능의 불분명한 정점으로 다가갈 때거나 아니면 형이상학의 침울한 격전장으로 몸을 기울일 때 그 국가들은 지독하게 멜모트의 웃음을 웃기 시작한다는 점을 우리는 알게 된다. 그리고 결국, 이 초超문명국가들 속에서 보다 높은 야망에 의해 어떤 지성이 세속적인 자부심의 경계를 넘어서서 대담하게 순수한 시詩를 향해 자연처럼 투명하고 완전한 시詩 속으로 몸을 던지고자 한다면 현자의 영혼에서처럼 웃음은 사라질 것이라는 점을 알게 되리라.

코미디가 우월성의 표시, 혹은 자기 자신의 우월성에 대한 믿음의 표시이므로 여러 국가들이 몇몇 신비로운 예언자들에 의해 약속된 절대적 순화에 도달하기 전에는 그 국가 내에서 우월성이 증가함에 따라 코미디의 소재들이 늘어나리라 생각하는 것은 당연하다. 그런데 코미디의 성격도 바뀐다. 그런 식으로, 천사 같은 요소와 악마적인 요소가 동시에 작동한다. 인류는 성장하고, 인류가 선善으로써 성취한 힘에 비례해 악惡으로써, 또 악惡의 지능으로써 힘을 획득한다. 그렇기 때문에 여러 고대 종교의 계율보다 우월한 율법의 자손들인 우리, 예수의 애제자들인 우리, 그런 우리가 고대 이교도보다 더 많은 웃음의 요소를 지니고 있다는 점은 놀랍지 않다. 그것은 또한 우리들의 보편적 지적 능력의 한 가지 조건이기도 하다. 내 의견에 반대하는 배심원들이여, 원한다면 당나귀가 무화과 먹는 것을 보고 웃다가 죽었다는 철학자의 고전적인 짧은 일화를, 나아가 아리스토파네스[25]와 플라우투스[26]의 희극들을 예로 들어 보시라. 나는 그 시대들은 본질적으로는 문명

---

*

25. 아리스토파네스(Aristophanes, 프랑스어로는 Aristophane, 기원전 450~386)는 그리스의 유명한 희극작가이다. 그리스 희극은 그리스 비극보다 반세기 가량 앞서서 탄생하는데, 아리스토파네스가 그 전성기를 구가했다.

26. 플라우투스(Titus Maccius Plautus, 프랑스어로는 Plaute, 기원전 254~184)는 로마의 희극 시인으로, 그리스 희극 레퍼토리와 극장 기술들을 당대 로마인들의 취향에 맞게 번안한 작품들로써 자신의 천재성을 발휘하였다.

화된 시대라는 점과 믿음이 이미 상당히 축소되었다는 점 이외에, 그런 코미디는 우리의 코미디와 완전히 같지는 않다는 점을 들어 응수하리라. 그 코미디는 원시적인 부분을 갖고 있기조차 하여 우리는 정신을 퇴보시키는 노력을 통해서만 그런 코미디에 적응할 수 있는데, 그 결과를 우리는 패스티쉬[27]라고 부른다. 고대가 우리에게 남긴 기괴한 인물들, 가면들, 구리로 만든 작은 인형들, 근육이 불거진 헤라클레스들, 혀가 허공으로 구부러지고 귀가 뾰족하고 소뇌와 남근이 불거진 작은 프리아포스 신神[28]들의 모든 것에 대해서, 로물로스[29]의 순결한 딸들이 순진하게 말을 타고 오르는 그 거대한 남근들, 방울과 날개를 갖춘 그 세대의 저 괴물 같은 장치들에 대해 말하자면, 나는 이 모든 것이 진지함으로 가득 차 있다고 생각한다. 비너스Venus, 판Pan,[30] 헤라클레스는 우스꽝스러운 인물이 아니었다. 예수가 등장하고 플라톤과 세네카[31]의 도움을 받게 되자 사람들은 그것들에 대해 웃었다. 고대는 고적대장들이나 분야를 막론하고 힘을 쓰는 묘기를 부리는 사람들에 대한 존경으로 가득 차 있었다고, 그리고 내가 인용한 기괴한 상징물 모두가 찬미의 표시들일 뿐이라고, 혹은 기껏해야 힘의 상징들이지 웃음을 겨냥한 기지奇智의 발로는 절대

아니라고 나는 생각한다. 인도와 중국의 우상들은 그들 자신
이 우스꽝스러운 것을 모른다. 희극적인 것이 존재하는 곳은
바로 기독교인人, 우리들 내부이다.

*

27. 패스티쉬pastiche는 단순한 모방을 의미한다.

28. 프리아포스(Priapos, 프랑스어로는 Priape)는 그리스 신화의 인물로, 디오니소스
    와 아프로디테 사이에서 태어났다. 태어날 때 거대한 남근 때문에 어머니로
    부터 버림을 받는다. 풍요의 신이며 종종 당나귀와 함께 남근이 발기된 모습
    으로 그려진다.

29. 로물로스(Romulus, 기원전 753~715)는 로마를 세운 전설적인 인물이다. 쌍둥이
    동생 레무스Remus와 함께 티베르Tiber 강에 버려졌으나, 이리의 젖으로 자라
    다가 양치기 파우스툴루스Faustulus에게 발견되어 양육되었다. 동생과 협력하
    여 새로운 도시 로마를 건설하였으나(기원전 753) 이후 도시의 신성한 경계를
    넘었다는 이유로 동생 레무스를 죽였다고 한다.

30. 판Pan은 그리스 신화에 나오는 목신牧神이다. 로마 신화에서는 파우누스
    Faunus에 해당한다. 원래는 그리스의 아르카디아Arkadia 지방에서 섬기는 신이
    었는데 다른 지방에도 퍼지게 되었다. 허리에서 위쪽은 사람의 모습이고 염
    소의 다리와 뿔을 가지고 있으며, 산과 들에 살면서 가축을 지킨다고 믿어졌
    다. 훗날 예술의 소재로 즐겨 다루어짐으로써 판은 인간과 친근한 신이 되었
    다. 19세기 프랑스 시인 말라르메(Étienne Mallarmé, 보통 Stéphane Mallarmé로 불림,
    1842~1898)의 『목신의 오후 l'Après-midi d'un faune』(1876)와 인상주의 음악가 드뷔
    시(Achille Claude Debussy, 1862~1918)의 〈목신의 오후에의 전주곡 Prélude à l'l'Après-
    midi d'un faune〉(1894), 러시아 안무가 니진스키(Vatslav Nizhinskii, 1890~1950)의 무
    용 작품 〈목신의 오후 l'Après-midi d'un faune〉 등이 있다.

31. 세네카(Lucius Annaeus Seneca, 프랑스어로는 Sénèque, 기원전 4~기원후 65)는 로마의
    정치가이자 작가였으며 철학자였다. 네로Nero 왕의 개인 교사로 발탁되었고
    후일 자결을 명命 받아 죽음을 맞았다. 스토아학파 철학자였으나 실제 삶은
    화려하였던 점이 언급되기도 한다.

5

우리가 모든 어려움에서 빠져나왔다고 생각해서는 안 된
다. 이 미묘한 미학들에 가장 덜 익숙해 있는 사람이라고 해도
금방, "웃음은 다양하다"고 함정이 있는 반론을 제기할 수 있
으리라. 사람들이 늘 불행과 약함과 열등함을 즐거워하는 것
은 아니다. 우리의 웃음을 유발시키는 수많은 광경들은 몹시
순진하며, 어린 시절의 놀이뿐 아니라 예술가들의 여흥에 도
움을 주는 여러 가지 것들 역시 **사탄**의 영혼으로 설명될 수 있
는 것은 하나도 없다.

　겉으로 보기에 분명 그 말은 진실 같다. 그렇지만 우선 기
쁨을 웃음과 구별해야 한다. 기쁨은 그 자체로 존재하지만 다
양한 표출 방식을 지닌다. 때때로 기쁨은 거의 보이지 않는
다. 다른 때는 기쁨이 울음으로 표현된다. 웃음은 단지 하나
의 표현, 하나의 전조, 하나의 징후이다. 무엇의 전조인가? 이
것이 바로 문제이다. **기쁨**은 하나이다. 웃음은 어떤 이중적,
혹은 모순되는 감정의 표현이다. 그렇기 때문에 경련이 있다.
누군가가 헛되이 내 얘기에 반례로 제시하고 싶어 할 어린아

이의 웃음은 따라서 신체적 표현상으로도, 형식상으로도 희극을 관람하고 캐리커처를 보는 성인의 웃음이나 멜모트의 견디기 힘든 웃음과는 완전히 다르다. 강등된 존재, 인간세의 마지막 경계선과 고차원적 세계의 경계 사이에 위치한 개인, 멜모트의 웃음 말이다. 자신의 끔찍한 계약에서 곧 벗어나리라 늘 믿고 있는, 자신의 불행을 만들어 내는 초인간적 능력을 자신이 부러워하는 무지한 자의 순수한 양심으로 바꾸기를 끊임없이 바라는 멜모트의 웃음 말이다. 어린아이의 웃음은 마치 꽃의 개화와 같다. 그것은 받아들이는 기쁨, 호흡하는 기쁨, 열리는 기쁨, 바라보는 기쁨, 사는 기쁨, 성장하는 기쁨이다. 그것은 식물적인 기쁨이다. 그러므로 일반적으로 그것은 그저 미소이며 개들이 꼬리를 흔들거나 고양이들이 가르랑거리는 것과 비슷한 어떤 것이다. 그렇지만 또 아이들의 웃음은 동물들이 만족감을 표현하는 것과 다른데 그것은 아이들의 웃음이 완전히 야심이 없는 것은 아니기 때문이라는 점에, 그리하여 그 웃음이 꼬마들, 즉 풋내기 사탄들에게 적당하다는 점에 주목하시라.

문제가 좀 더 복잡한 경우도 있다. 바로 사물들의 면면을 보고 웃는 인간의 웃음인데, 그것은 진정한 웃음이고 강렬한 웃음이며 동족의 나약함이나 불행에 대한 표시는 아니다. 내가 '그로테스크'[32]로 유발되는 웃음을 말하고자 한다는 것을 쉽게 예상하시리라. 공상적인 창조물들, 존재 이유와 존재의 정당성이 상식적인 규칙에서 나오지 않는 것들은 자주 우리에게 광적이고 과도한 희열을 촉발시키며 끝없는 고통과 도취로 표출된다. 구분을 해야 한다는 점, 그리고 바로 거기에 한 단계가 더 있다는 점은 분명하다. 코미디는 예술적 관점에서 보자면 하나의 모방이다. 그로테스크는 하나의 창조이다. 코미디는 상당한 창조의 재능이 섞인, 즉 예술적 상상이 섞인 모방이다. 그런데 코미디에 있어서 웃음의 자연적 원인이 되는, 언제나 우세한 인간의 자존심은 그로테스크에 있어서도 또한 웃음의 태생적 원인이 된다. 그로테스크는 자연 속에 먼저 존재한 요소들을 모방하는 능력이 상당량 섞인 창조이다. 그 경우 웃음은 인간의 인간에 대한 우월성이 아니라 인간의 자연에 대한 우월성의 의식을 표현한다는 점을 말하려는 것이다. 이것이 지나치게 미세한 생각이라고 여겨서는 안 된다. 그것은 이 생각을 거부할 충분한 이유가 아니리라. 그럴 듯한 다른 설명을 찾아야 한다. 만약 이 생각이 생뚱맞은 것으로 보이고 다소 받아들이기 힘들다면 그것은 바로 그로테스크로 발생되는 웃음이 그것 자체로 격렬하고 자명하며, 풍속의 코미디로 발생되는 웃음에 비하여 단순한 생동감과 절대적인 기쁨에 훨씬 더 가까운 원시적인 어떤 것을 지니고 있기 때문이다. 유용성의 문제에서 추상화시켜 보면, 이 두 웃음 사이에는 참여문학파와 순수문학파 사이의 차이와 동일한 차이가 존재한다. 그리하여 그로테스크는 그만큼 높은 곳에서 코미디를 지배한다.

이제 나는 그로테스크를 '일반 코미디'의 반대명제로서 '절대 코미디'라 부르겠다. 일반 코미디는 '의미 담은 코미디'[33]라 부를 것이다. 의미 담은 코미디는 대중에게 좀 더 분명하고 이해하기 쉬운 언어이며 특히 분석하기 쉬운 언어이다. 그것을 이루고 있는 요소가 분명하게 이중적이기 때문이다. 예술과 윤리적 사고가 그것이다. 그러나 절대 코미디는 자연에 훨씬 더 가깝기 때문에 단일한 하나의 모습을 띠며 직관으로 포착되기를 요구한다. 그로테스크의 검증 방법은 하나뿐인데, 그것은 웃음이다. 그것도 급작스런 웃음 말이다. 반면, 의미 담은 코미디 앞에서는 조금 후에 웃는 것이 금지되지는 않는다.

*

32. 그로테스크le grotesque는 '기괴함', '우스꽝스러움', '인간이나 사물을 기괴하고 황당무계하게 묘사하는 경향'을 의미한다.
33. 의미 담은 코미디le comique significatif는 '무언가 의미하는 바가 있는 코미디', '모종의 의미를 전하는 코미디'로 옮길 수도 있다.

그것이 의미 담은 코미디의 가치를 떨어뜨리지는 않는다. 분석 속도의 문제인 것이다.

나는 '절대 코미디'라는 말을 했다. 그렇지만 주의해야 한다. 최종적인 절대의 관점에서라면 기쁨만이 존재한다. 타락한 인류에게 코미디는 상대적으로만 절대적일 수 있으며 내가 절대 코미디라는 말을 쓰는 것도 그런 의미에서이다.

6

매우 수준 높은 정수精髓 때문에 절대 코미디는 모든 절대적인 사고를 충분히 자신 속에 받아들일 수 있는 고급 예술가들의 전유물이다. 그렇게 보면 지금까지 이 사고를 가장 잘 감지하고 순수한 미학 작업이자 창조 작업 속에 그 일부분을 사용한 사람은 테오도르 호프만[34]이다. 그는 항상 일반적인 코미디와 그가 '순수한 코미디comique innocent'라 부르는 코미디를 잘 구별했다. 종종 그는 그가 학술적으로 표명했던, 혹은 영감을 받은 대화나 비판적 대화의 형태로 펼쳤던 학문적

이론들을 예술 작품 속에서 풀어내려 하였다. 그리고 잠시 후 바로 위에 서술된 원칙들이 적용된 몇몇 예를 제시하게 될 때, 또한 각 범주의 표제 아래에 대표작을 달아 놓게 될 때 나는 바로 그 호프만의 작품들 속에서 가장 뛰어난 예들을 끌어올 것이다.

또 한편으로, 우리는 절대 코미디와 의미 담은 코미디 속에서 장르들과 하위 장르들과 작품군들을 생각해 낸다. 서로 다른 근거들을 가지고 작품들을 분류할 수 있다. 내가 시작한 것처럼 우선 순수한 철학의 법칙에 따라 분류할 수 있고, 그리고 나서는 창조적 예술의 법칙에 따라 분류할 수 있다. 전자는 의미 담은 코미디와 절대 코미디를 단순히 갈라놓는 것으로 이루어진다. 후자는 각 예술가들의 여러 특별한 재능의 유형에 근거한다. 마지막으로 지역에 따라, 그리고 국가의 다양한 능력에 따라 코미디를 분류할 수도 있다. 각 분류에서 쓰는 용어는 다른 분류에서 쓰는 용어가 거기에 추가됨으로

---

*

34. 테오도르 호프만(Théodore Hoffmann, Ernst Theodor Wilhelm Amadeus Hoffmann, 1776~1822)은 독일의 작가이자 작곡가이다. 특이한 상상력으로 만들어진 그의 작품은 여러 작곡가와 작가들에게 영감을 주었는데, 차이코프스키(Piotr Ilitch Tchaïkovski, 1840~1893)의 〈호두까기 인형(Nutcracker, 프랑스어로는 Casse-Noisette)〉(1934)과 오펜바흐(Jacques Offenbach, 1819~1880)의 〈호프만의 이야기 Contes d'Hoffmann〉(1881) 등이 그 예이다. 호프만에 대한 보들레르의 찬사는 후일 역시 특이한 상상력의 소유자인 미국 작가 에드가 앨런 포우에 대한 찬사로 옮겨간다.

써 보완되고 그 의미가 더 섬세해질 수 있음에 주목해야 한다. 마치 문법 법칙이 우리에게 형용사로써 명사를 변화시키는 것을 가르쳐 주듯이 말이다. 그리하여 독일 혹은 영국의 어떤 예술가는 다소 절대 코미디에 알맞으면서 동시에 다소 이상화理想化하는 사람일 수 있는 것이다. 절대 코미디와 의미 담은 코미디의 예들을 선정하고 제시하며 근본적으로 미적 감각이 뛰어난 몇몇 국가의 고유한 코미디 정신을 간결하게 드러내도록 노력하겠다. 그 후에 코미디를 연구하고 그것을 자기 전 존재로 삼은 사람들의 재능을 좀 더 길게 논하고 분석하고자 하는 부분에 이를 것이다.

의미 담은 코미디의 여러 결과를 부풀려서 극한으로 밀어붙일 때 우리는 신랄한 코미디를 얻으며, 마찬가지로 순수성을 더 끌어올린 순수한 코미디의 동의어적 표현이 절대 코미디다.

명확한 사고와 논증의 나라, 예술이 자연스럽게 그리고 직접적으로 유용성을 겨냥하는 나라 프랑스에서는 코미디가 대개 의미를 담고 있다. 프랑스 사람으로는 몰리에르[35]가 코미디에서 가장 뛰어난 작가였다. 그런데 우리 프랑스인은 성격상 근본적으로 모든 극단적인 것들로부터 거리를 두기 때문에, 또한 모든 프랑스적인 열정, 과학, 예술의 특수한 징후들 중 하나가 과도한 것, 절대의 것, 그리고 격렬한 것으로부터 달아나는 것이기 때문에 결과적으로 프랑스에는 신랄한 코미디가 거의 없다. 마찬가지로 우리 프랑스인의 그로테스크가 절대에 이르는 일은 드물다.

프랑스 그로테스크의 위대한 거장 라블레는 자신의 가장 터무니없는 환상 가운데에 유용하고 합리적인 무언가를 유지하고 있다. 그가 바로 위의 사실을 상징적으로 보여 준다. 그의 코미디는 거의 항상 교훈적인 우화의 명료함을 지닌다. 프랑스 캐리커처 속에서, 프랑스 코미디의 조형적 표현 속에서 우리는 이 지배적인 정신을 다시 발견한다. 고백하건대 진정한 그로테스크에서 요구되는 훌륭한 시적 유머가 우리 프랑스인에게는 늘 드물다. 간혹 광맥이 보이지만 점점 더 멀어진다. 그렇지만 그것이 본질적으로 국가적 차원은 아니다. 불행히도 그의 작품은 너무 적게 읽히고 너무 드물게 상연되지만 이 유형에서 몰리에르의 몇몇 막간극들, 특히 「상상想像병

*

35. 몰리에르(Jean Baptiste Poquelin Molière, 1622~1673)는 프랑스의 극작가, 배우로 프랑스의 대표적인 희극작가이다. 주요 작품으로 「남편의 학교l'École des maris」(1661), 「여인의 학교l'École des femmes」(1662), 「돈 주앙 Don Juan」(1665), 「인간 혐오자Misanthrope」(1666), 「타르튀프 Tartuffe」(1669), 「평민귀족 Le Bourgeois gentilhomme」(1670), 「상상想像병자病者le Malade imaginaire」(1673) 등이 있다.

자病者」와 「평민귀족」의 막간극들과 칼로[36]의 카니발적인 인물들을 언급해야 한다. 본질적으로 프랑스인인 볼테르[37]의 여러 단편소설이 지닌 희극성에 관해 말하자면, 그는 항상 자신의 존재 이유를 우월성의 의식에서 얻는다. 그는 완전히 웅변적이다.

꿈꾸는 게르마니아[38]는 우리에게 절대 코미디의 훌륭한 여러 대표작을 제공하리라. 그곳에서는 모든 것이 심각하고 격렬하고 과도하다. 신랄한, 아주 신랄한 코미디를 찾기 위해서는 해협을 건너 안개와 우울의 왕국들을 방문해야 한다. 즐겁고 소란스럽고 쉽게 잊는 이탈리아는 순수한 코미디가 풍부하다. 테오도르 호프만이 현명하게 『브람비아의 공주』의 기발한 드라마를 가져다 놓은 곳은 이탈리아의 중심, 남쪽 카니발의 중심부, 소란스런 코르소Corso의 중심이다. 사실 스페인 사람들은 코미디에 아주 소질이 있다. 그들은 재빠르게 잔인한 것에 도달하고 그들의 가장 기괴한 환상들은 종종 음울한 어떤 것들을 포함하고 있다.

나는 처음으로 본 영국 팬터마임의 기억을 오랫동안 간직할 것이다.[39] 몇 해 전 바리에테 극장에서였다. 아마도 그것을 기억하는 사람은 많지 않을 텐데, 왜냐하면 이런 류의 여흥을 즐기러 온 사람이 거의 없었고 그 가엾은 영국 마임이스트들은 프랑스에서 매우 초라한 대접을 받았기 때문이다. 프랑스 관객은 낯선 느낌을 싫어한다. 프랑스 관객의 취향이 아주 세계적이지는 않다. 그래서 지평선이 이리저리 이동하면 프랑스 관객의 시야는 어지럽혀진다. 나로서는 코미디를 이해하는 이런 방식에 굉장히 충격을 받았다. 성공을 거두지 못한 것은 그들이 천박하고 시시한 예술가들이었고 대역배우들이었기 때문이라고 사람들은, 그것도 관대한 사람들이 설명하곤 했다. 그러나 문제는 거기에 있지 않았다. 그들은 영국인들이었고 바로 그것이 중요한 점이었다.

이런 유형의 코미디의 특징적 표지는 폭력이라고 여겨졌

---

*

36. 칼로(Jacques Callot, 1592~1635)는 프랑스의 판화가, 데생가이다. 세부적인 것을 살려 화면 속에 작은 인물들을 그려 놓는 것이 그의 특징인데, 그 구성은 대개 기괴하고 환상적이다. 18세기에 애호가들의 사랑을 받았고 낭만주의자들의 찬미의 대상이었다.

37. 볼테르(François Harie Arouet, 보통 Voltaire라 불림, 1694~1778)는 18세기 프랑스의 사상가, 작가이다. 생전에 손대지 않은 장르가 없을 정도로 다양한 글쓰기를 했는데 후대에 가장 높게 평가되는 것은 그의 철학소설들이다. 대표적인 철학소설로 『자디그Zadig』(1759), 『캉디드Candide』(1759) 등이 있는데, 볼테르는 이 작품들 속에서 유머나 아이러니를 사용해 당대 철학자들에게 중요하게 여겨졌던 철학적 명제들을 다루고 있다.

38. 유럽 중부, 도나우 강의 북쪽, 라인 강 동쪽에서 비슬라 강까지의 지역으로, 로마인에게 정복되지 않은 게르만인의 거주지를 가리키는 말이었다. 여기서는 독일로 축소하여 생각해도 될 것이다.

39. 1842년 8월 4일부터 9월 13일까지 바리에테 극장Théâtre Variétés에서 공연된, 3막으로 이루어진 영국 팬터마임 〈아를르켕Arlequin〉으로 추정된다.

다. 내 기억 속의 몇몇 본보기들로 이를 증명해 보겠다.

우선 피에로Pierrot는 달처럼 창백하고 침묵처럼 신비로우며 뱀처럼 유연하고 말이 없으며 교수대처럼 곧고 긴 인물, 기이한 동기들에 의해 행동하는 부자연스러운 인물이 아니었다. 그 역할에 우리는 애석하게도 고인이 된 드뷔로[40]가 익숙하다. 영국의 피에로는 폭풍처럼 도착했고 봇짐처럼 넘겨졌으며 그가 웃었을 때 그의 웃음은 극장 안을 울렸다. 그 웃음은 유쾌한 천둥과 닮았다. 키가 작고 뚱뚱한 사람이었는데 리본들이 달린 옷을 입어서 풍채가 더 좋았으며, 그 리본들은 몹시 기뻐하는 이 인물을 뒤덮음으로써 새들을 뒤덮고 있는 깃털과 가슴 털을, 혹은 앙고라토끼를 뒤덮고 있는 털을 대신하고 있었다. 그는 얼굴을 덮은 하얀 페이스파우더 위에 노골적으로, 색조의 완만하고 점진적인 변화도 없이 두 개의 커다란 새빨간 반점을 붙여 두었다. 두 개의 입술연지 띠로 입술이 가짜로 연장되어 입이 커졌다. 그래서 그가 웃을 때 입이 귀까지 이어져 있는 듯하였다.

윤리적 차원에서 그의 본성은 모든 사람이 알고 있는 피에로의 본성과 같았다. 바로 무사태평함과 중립, 그리고 그렇기 때문에 온갖 탐욕스럽고 돈을 밝히는 환상들을 완성하는 것

말이다. 그것을 위해 그는 어떤 때는 아를르켕Harlequin[41]을, 또 어떤 때는 카상드르Casandre나 레앙드르Léandre를 희생시킨다. 다만 드뷔로가 손가락을 아주 슬쩍만 담그는 그곳에 영국 피에로는 두 주먹, 두 발을 다 담갔다.

이 독특한 작품 속에서는 모든 것들이 그렇게 격정적으로 표현되었다. 그것은 과장법의 아찔함이었다.

피에로가 문의 격자창을 닦는 여인 앞으로 지나간다. 여자의 주머니를 털고 나서 스펀지, 빗자루, 나무통, 그리고 물까지도 자신의 주머니 속에 옮기려 한다. 그 여자에게 자신의 사랑을 표현하려 시도하는 방식에 대해 말하자면, 여러분 각자는 자르뎅 데 플랑트[42]의 저 유명한 동물 우리 속에서 생식기가 훤히 보이는 원숭이들이 하는 짓거리를 지켜본 기억으로 그 모습을 추측할 수 있다. 여자의 역할은 아주 키가 크고 마른 남자가 수행하고 있었다는 점을 덧붙여야겠다. 그 남자는 순결을 빼앗기고 날카로운 비명을 질렀다. 정말 미치도록 웃었는데 견딜 수도 억제할 수도 없었다.

*

40. 드뷔로(Jean-Baptiste Garpard Deburau, 1796~1846)는 프랑스의 마임이스트로 여러 작품에서 피에로 역할을 하여 큰 인기를 얻다가 1846년 6월에 죽었다.

41. Harlequin(아를르켕)은 Arlequin(아를르켕)의 영국식 철자법이다. 프랑스에서도 18세기까지는 그런 식으로 표기했다.

42. 자르뎅 데 플랑트Jardin des Plantes는 '식물들의 정원'이라는 뜻으로 프랑스 파리에 있는 식물원 이름이다. 여기서는 그 식물원에 부속된 동물원에 초점을 맞추고 있다.

무엇인지 모를 악행으로 인해 피에로는 결국 단두대에서 처형당해야 했다. 영국 같은 나라에서 왜 교수형이 아니라 단두대였을까? …… 모르겠다. 아마도 장차 우리가 볼 것을 이끌어 내기 위해서일지도 모르겠다. 여하튼 이런 몽상적인 신선함에 아주 얼이 빠진 프랑스의 무대, 바로 그곳에 처형기구가 설치되었다. 도살장 냄새를 맡은 소처럼 피에로는 저항하고 고함치다가 결국 자신의 운명을 받아들인다. 하얗고 붉은 거대한 머리가 목으로부터 떨어져 나와 프롬프터 박스 앞으로 굴렀고 피가 흐르는 목의 단면과 쪼개진 척추 뼈, 그리고 진열하려고 이제 막 잘라낸 정육점 고기에서 볼 수 있는 모든 세부가 보였다. 그런데 그때 갑작스럽게, 짧아진 몸통이 견딜 수 없는 도벽으로 움직이며 일어나서 햄이나 포도주 한 병을 낚아채듯 자기 자신의 머리를 의기양양하게 낚아채 위대한 성聖 드니[43]보다도 더 치밀하게 자신의 주머니 속에 던져 넣었다!

글로 쓰다 보니 이 모든 것이 생기가 없고 차갑다. 어찌 펜이 팬터마임과 경쟁할 수 있으랴? 팬터마임은 정련된 희극이다. 그것은 희극의 정수精髓이다. 그것은 추출되고 압축된 희극의 순수 성분이다. 그렇기 때문에 과장법에 있어서 영국 배우들이 지닌 특별한 재능으로써 이 모든 끔찍한 소극笑劇은 아주 강력한 사실성을 획득하였다.

절대 코미디로서, 그리고 말하자면 절대 코미디의 형이상학으로서 가장 눈에 띄는 점 중 하나는 분명 이 훌륭한 작품의 서두, 고품격 미학으로 가득 찬 프롤로그였다. 작품의 주요 인물들인 피에로, 카상드르, 아를르켕, 콜롱빈느Colombine, 레앙드르가 매우 부드러운 태도로 조용히 관객 앞에 있다. 그들은 거의 이성적이고, 극장 안에 있는 선량한 자들과 크게 다를 바가 없다. 그들을 기이하게 움직이게 할 마법의 바람이 아직 그들 머리 위로 불어오지 않았다. 피에로의 조금 쾌활한 태도는 그가 잠시 후 행할 것들에 대해 어렴풋한 짐작밖에는 전하지 못한다. 아를르켕과 레앙드르의 경쟁 관계가 이제 막 선언된다. 어떤 요정 하나가 아를르켕에게 관심을 갖는다. 그 요정은 사랑에 빠진 사람, 가난한 사람들의 영원한 수호천사이다. 요정은 아를르켕에게 보호한다는 약속을 하고, 이를 즉시 증명하기 위해 신비롭고 권위에 가득 찬 몸짓으로 자신의 요술봉을 공중에 떠다니게 한다.

*

43. 성聖 드니(Saint Denis, Saint Denys)는 골족les Gaules의 선교사였고 파리의 첫 주교로 알려져 있다. 몽마르트르 언덕 혹은 생−드니 지역에서 순교하였는데, 참수당한 후 자신의 머리를 손에 든 모습이 그림으로 그려져 널리 알려져 있다.

그 즉시 취기醉氣, le vertige가 들어와 공중을 맴돈다. 사람들은 취기를 들이마신다. 허파를 채우고 심실의 피를 새롭게 바꾸는 것이 이 취기이다.

이 취기란 무엇인가? 그것은 절대 코미다. 그것은 모두를 사로잡는다. 레앙드르, 피에로, 카상드르는 기괴한 몸짓을 하는데 그것은 그들이 강제로 어떤 새로운 삶 속으로 들어가게 되었음을 감지한다는 걸 분명히 보여 준다. 그들은 화난 것 같지는 않다. 화려한 동작들을 하기에 앞서 손에 침을 뱉어 두 손을 비비는 사람처럼 그들은 자신들을 기다리는 큰 재앙들과 파란만장한 운명을 연습한다. 그들은 팔로 작은 풍차를 만드는데 폭풍에 요동치는 풍차와 비슷하다. 아마도 관절을 부드럽게 하기 위해서일 텐데 그럴 필요가 있을 것이다. 이 모든 것이 광장한 만족감으로 그득한 우렁찬 폭소 속에서 이루어진다. 그러고 나서 그들은 한 명씩 다른 인물들 위로 뛰어오르는데, 그들의 민첩성과 재능은 여지없이 제대로 확인되며 다발로 이어지는 현란한 발길질, 주먹질, 따귀가 포병대처럼 소음과 빛을 만들어 낸다. 그런데 이 모든 것에서 원한은 없다. 그들의 몸짓 모두가, 그들의 외침 모두가, 그들의 표정모두가 "요정이 그를 원했어, 운명이 우리를 재촉해, 그것으로 상심하진 않아, 자 갑시다! 달려요! 돌진!"이라고 말한다. 그리고 그들은 환상적인 이 작품을 가로질러 돌진한다. 엄밀히 말하자면 이제야 시작된 이 작품, 즉 신비로운 것의 경계에 서 있는 이 작품을 가로질러서 말이다.

아를르켕과 콜롱빈느는 이 황홀경을 틈타 춤을 추면서 달아났으며, 그들은 가벼운 발걸음으로 모험을 겪어 나갈 것이다.

또 다른 예가 있다. 이번 예는 어느 독특한 작가의 작품에서 얻은 것인데, 그는 누가 뭐라 해도 아주 총체적인 사람으로 프랑스 식의 드러내는 익살에 태양의 나라의 광적이고 부드러우며 가벼운 즐거움을, 동시에 게르만적인 심오한 코미디를 결합시킨다. 호프만에 대해 다시 얘기하고자 한다.

몇몇 번역가들이 '왕의 약혼녀la fiancée du roi'라 옮기기도 한 『다우퀴스 카로타—당근들의 왕Daucus Carota, le Rois des Carottes』이라는 제목의 이야기에서 당근들의 거대한 군대가 약혼녀가 머물고 있는 농가의 마당에 도착할 때 어느 것도 그것보다 더 아름다워 보이는 것은 없다. 영국 군대같이 진홍색을 띠고 사륜마차 병사들처럼 머리에 넓적한 녹색 깃털 장식을 꽂은 작은 인물들 모두가 제각기 작은 말을 타고 경이롭게 재주를 넘고 곡예를 한다. 이 모든 것이 놀랄 만큼 유연하게 움직인다. 군모 안에 무거운 추를 가지고 있는 딱총나무 속으로 만든 장난감 병정들처럼, 그들의 머리가 나머지 신체에 비해 더 크고 무거운 만큼 더욱 그들은 멋들어지게 또 수월하게 머리로 떨어진다.

장엄한 꿈에 심취해 있는 불행한 소녀는 병력의 이 같은 전개展開에 매혹되었다. 그런데 퍼레이드 할 때의 군대는 무기를 닦고 장비에 광을 내거나, 한술 더 떠 냄새나고 더러운 야전침대 위에서 상스럽게 코를 고는 병영에서의 군대와 얼마나 다른가! 이것이 바로 메달의 뒷면이다. 왜냐하면 이 모든 것이 마법이고 유혹의 장치였을 뿐이기 때문이다. 신중하며 마법을 잘 알고 있는 그녀의 아버지는 이 모든 화려함의 이면裏面을 보여 주고자 한다. 그래서 야채들이, 모르는 사이 스파이에게 목격당할 수 있다는 의심을 품지 않은 채 무방비로 잠든 그 시간에 그녀의 아버지는 이 멋진 군대의 천막 중 하나를 슬며시 연다. 그리고 그때 불쌍한 몽상소녀는 일군의 붉고 푸른 병사들이 끔찍한 평상복을 입고서는 자신들의 태생지인 흙으로 뒤덮인 진흙탕 속에서 헤엄치며 자는 것을 본다. 그 모든 군대의 화려함이 잠옷 차림에서는 하나의 냄새나는 늪지일 뿐이다.

경탄할 만한 호프만의 작품 중에서 절대 코미디의 다른 예들을 여럿 추출해낼 수 있으리라. 내 생각을 잘 이해하고자 한다면 『당근들의 왕』, 『페레그리누스 티스*Peregrinus Tyss*』, 『황금단지*le Pot d'or*』를, 그리고 특히 무엇보다도 고급 미학의 입문서와도 같은 『브람비아 공주*la Princesse Brambilla*』를 세심하게 읽어야 한다.

호프만을 아주 특별하게 특징짓는 것은 최고도로 절대적인 코미디에 의미 담은 코미디 약간을 뒤섞는다는 점이다. 일부러 그러지는 않지만 때로는 아주 의도적으로 그렇게 한다. 그의 코미디 작품 중 가장 초자연적이고 가장 덧없어서 종종 취했을 때 보게 되는 환영들과 비슷한 것조차 아주 뚜렷한 도덕적인 의미를 지니고 있다. 가장 상태가 안 좋은 정신병자들을 담당하는 생리학자나 의사를 만나는 듯하다. 그들은 교훈담과 우화로써 말을 할 학자처럼, 이 심오한 과학에 시적詩的형식을 입히는 것을 즐기리라.

예컨대 『브람비아 공주』에서 만성적인 이중성의 병에 걸린 배우, 지글리오 파바*Giglio Fava*라는 인물을 보시라. 이 하나의 인물은 때때로 인격을 바꾸어서 지글리오 파바로 불릴 때는 스스로를 앗시리아 왕자 코르넬리오 시아페리*Cornelio*

Chiapperi의 적敵이라 밝히고, 그가 앗시리아의 왕자일 때는 공주를 두고 자신과 겨루는 지글리오 파바라 불리는 하찮은 어릿광대에게 가장 신랄하고 지독한 욕설을 퍼붓는다.

절대 코미디의 아주 특징적인 징후 중 하나는 자기 자신이 어떤지를 모른다는 점임을 덧붙여야겠다. 원숭이처럼 기본적으로는 엄숙하지만 웃음을 유발하는 몇몇 동물들에서, 또한 내가 말했던 고대의 몇몇 우스꽝스러운 조각에서뿐 아니라 우리를 그토록 강하게 웃기지만 우리가 일반적으로 생각하는 것보다는 웃기려는 의도를 훨씬 덜 지닌 중국의 괴상망측한 여러 물건에서도 이 점은 분명히 드러난다. 중국의 우상은 그것이 아무리 숭배의 대상이라고 해도 오뚝이나 벽난로 도자기 인형과 다르지 않다.

그리하여 이 모든 미묘한 논의들과 이 모든 정의들을 마무리하고 결론을 내리기 위해 마지막으로 나는 다음과 같은 사실들을 지적하겠다. 내가 설명했듯이, 아마도 설명이 너무 길었는지도 모르겠지만 의미 담은 코미디에서처럼 절대 코미디에서도 지배적인 우월 의식이 발견된다는 점을. 그리고 코미디가 존재하기 위해서는, 즉 코미디의 발현, 폭발, 방출이 있기 위해서는 두 존재가 있어야 한다는 점을. 코미디가 존재하는 곳은 특히 웃는 자, 관객의 내면이라는 점을. 그렇지만 이같은 무지의 법칙[44]에 있어 하나의 예외를 두어야 한다는 점을. 자신 내부에 코믹한 감정을 키워서 동족의 여흥을 위해 그것을 자신에게서 끄집어내는 일을 직업으로 하는 사람들을 위한 예외 말이다. 그런 현상은 인간 존재 속에 지속적으로 이중적인 삶이 있음을, 자신이면서 동시에 다른 사람이 될 수 있는 힘이 있음을 보여 주는 모든 예술적 현상들과 같은 종류이다.

내가 처음 내렸던 정의들로 되돌아가 좀 더 명확하게 표현하자면, 호프만이 절대 코미디를 만들 때 그가 자신이 그것을 만든다는 걸 알고 있었다는 점은 정말 사실이라고 하겠다. 그런데 그는 이 코미디의 본질은 자기 자신이 절대 코미디인 줄 모른다는 듯이[45] 보이는 것이며 또 관객들이, 혹은 독자들이라고 하는 편이 낫겠는데 그들 자신의 우월성과 자연에 대한 인간의 우월성으로 기쁨을 느끼도록 하는 것이라는 점 역시 알고 있다. 예술가들은 코미디를 창조한다. 코미디의 제 요소를 연구하고 모았던 그들은 '이런 인물이 우습구나.' 하는 것을 알고 있고 또 그런 인물이라고 해도 자신의 본성을 알지 못하는 한에서만 우습다는 것을 알고 있다. 마찬가지로 반대

*
44. 앞에서도 그리고 이어지는 부분에서도 보들레르는 자기 자신이 우습다는 걸 모르는 인물, 자기 자신에 대해 무지한 인물이 코미디를 만든다고 말한다.
45. 여기서 보들레르는 절대 코미디를 의인화하여 표현하고 있다.

되는 법칙에 의해, 예술가는 이중적일 때에만, 자신의 이중적 본성 중에 어느 것 하나에도 무지하지 않을 때에만 예술가인 것이다.

호기심이 사그라지지 않기를 바라며

작품의 역사

이 선집選集 『화장 예찬』은 현대시의 시조로 일컬어지는 19세기 프랑스 시인 보들레르(1821~1867)의 에세이 두 편을 담고 있다. 열세 편의 짧은 글로 이루어진 첫째 에세이 「현대 생활의 화가 *Le Peintre de la vie moderne*」는 보들레르가 1859년 무렵 개인적으로 친분을 쌓게 된 풍속화가 콩스탕탱 기스Constantin Guys의 작품세계를 다룬 미술비평문이다. 다섯 부분으로 구성된 둘째 에세이 「웃음의 본질에 관해, 그리고 조형예술 속의 보편적 희극성에 관해 *De l'Essence du rire et généralement du comique dans les arts plastiques*」는 앞의 에세이보다 몇 년 앞서 집필된 것인데 캐리커처와 코미디를 다루고 있다.

「현대 생활의 화가」는 1863년 세 차례에 걸쳐 『피가로 *Figaro*』지紙에 연재되었고, 수정을 거쳐 보들레르 사후 출간된 『낭만주의 예술 *l'art romantique*』에 실렸다. 본 선집의 저본은 이 책에 바탕을 둔 갈리마르 출판사 플레이아드 총서 보들레르 전집(Ch. Baudelaire, *Œuvres complètes*, coll. Bibliothèque de la Pléiade, Gallimard, 1975) 판본이다. 발표는 상당히 늦었지만 보들레르가 그의 시집 『악의 꽃 *Les Fleurs du Mal*』을 펴냈던 풀레-말라시 Poulet-Mallassis에게 보낸 1859년 11월 15일자 편지에 이미 이 글이 언급되어 있고, 1860년 2월 편지에는 "『프레스*La Presse*』지紙에 「G 씨, 풍속화가 Monsieur G, peintre de mœurs」란 제목의 글을 보냈다"는 얘기가 나오기도 한다. 이후 이 글을 출판하기까지 보들레르는 여러 간행물을 거쳐야 했는데 그 중간에 등장했던 「콩스탕탱 G 씨, 그리고 일반 풍속화가들 M. Constantin G. - et généralement les peintres de mœurs」이라는 제목으로 미루어 보건대, 이 에세이는 기스에서 출발하여 당대의 여타 풍속화가들의 보편적인 특징을 논하는 좀 더 긴 글이 될 수도 있었던 것 같다.

「웃음의 본질에 관해……」는 「현대 생활의 화가」보다도 더 오랜 역사를 가지고 있다. 『1845년 살롱』 뒤표지 안쪽에 "『캐리커처에 관하여』 발간 준비 중"이라는 광고가 나오는 것으로 봐서 이 글은 발간 10년 전에 이미 기획되었다고 볼 수 있다. 1847년 어머니에게 보낸 편지에서도 "캐리커처의 역사와 조각의 역사에 관한 글을 써 왔다"는 내용이 있으며 1851년 4

월 영국 피에로의 프랑스 공연을 알리는 샹플러리Champfleury 의 글에도 "「캐리커처에 대해서, 그리고 예술 속의 보편적 희 극성에 관해」라는 보들레르의 글이 곧 출간될 예정"이라고 나온다. 결국 이 글이 출간된 것은 1855년『지갑Le portefeuille』 이라는 비주류 잡지를 통해서였고, 이후 이 글은 한 번의 재 출간을 거친 뒤 보들레르 사후에 출간된『미학적 호기심Les Curiosités esthétiques』에 실리게 된다. 본 글 모음집의 저본인 전 집 판본은 이 책에 바탕을 둔 것이다.

　보들레르의 전집에는 「웃음의 본질에 관해……」 앞뒤에 이 글과 관련이 깊은 세 편의 작품이 실려 있는데, 앞에는 『1846 년 살롱』 직전에 발간된 것으로 추정되는 『1846년 캐리커처 살롱Le Salon caricatural de 1846』이, 뒤에는 「몇몇 프랑스 캐리커 처 작가들Quelques caricaturistes français」과 「몇몇 외국 캐리커처 작가들Quelques caricaturistes étrangers」이 있다. 『1846년 캐리커처 살롱』은 보들레르가 동료 두 명과 함께 당시 살롱전에 출품 된 작품들을 풍자한 목판화 60점에 짧은 운문으로 해설을 달 고 서문을 곁들여 출간한 책이다. 뒤에 나오는 두 편의 글은 당대 프랑스와 외국에서 활동하던 캐리커처 작가들의 작품 들에 대한 리뷰인데, 처음부터 「웃음의 본질에 관해……」와 함께 구상된 글이다. 본문에도 나오듯 애초의 계획에서 캐리커처에 관한 역사 부분이 빠지게 되지만 시, 일반론, 리뷰 등을 통해 보들레르는 캐리커처에 관한 상당한 분량의 글을 썼으며 그중 중심이 되는 것이 일반론에 해당하는 「웃음의 본질에 관해……」이다.

미술비평과 시詩

보들레르의 미술비평문은 그의 시 작품들과 따로 떼어 읽을 수 없다. 미술비평가로 먼저 이름을 알리고 『1845년 살롱』을 시작으로 하여 『1846년 살롱』, 『만국박람회』(1855), 『1859년 살롱』 등 꾸준히 미술비평 활동을 했지만 그는 시인이다. 미술비평을 할 당시 그에게는 이미 상당한 양의 미발표 시편들이 있었고 그의 미술비평문 자체가 그를 비평가보다는 시인으로 보게 하는 측면이 있다. 그의 비평문에서 독자는 자신 앞에 놓여 있는 세상과 깊이 만나고 다시 그 세상을 꿰뚫어 보는 시인의 감수성과 시선을 느낄 수 있다. 보들레르 자신도 이미 『1846년 살롱』에서 "가장 좋은 비평은 즐겁고 시적인 것"이라며 "한 편의 그림에 대한 가장 좋은 리뷰는 한 편의 소네트나 엘레지"라고 밝혔고, 또한 "비평은 매 순간 철학에 관계한다"고 말했다. 이런 보들레르의 비평관이 그 자신의 글쓰기에 그대로 적용되었음은 앞에 열거한 미술비평문을 조금만 들추어 봐도 알 수 있다.

그 미술비평문들은 18세기부터 정기적으로 열렸던 일종의 국전國展인 살롱전展에 관한 리뷰이다. 이 분야의 선구자인 18세기 작가 디드로Diderot는 상당한 분량의 『살롱』을 남겨 미술비평뿐 아니라 예술비평 전체의 역사에 한 획을 그었다. 보들레르의 『살롱』은 작품, 작가의 나열과 그에 관한 해설을 기본으로 하는 단순한 리뷰를 뛰어넘어 몇 개의 중요한 미학적 테마 속에 작품론, 작가론을 녹여냈다는 점에서, 비록 그 양은 디드로의 『살롱』에 못 미치지만 예술비평사에 또 하나의 전환점을 마련하였다. 개개의 작품에서 일반론으로, 또 미술에서 예술로 확장되며 보들레르의 미술비평문은 미학에서 이를 향해 나아간다.

10년 넘게 『살롱』을 쓰면서 보들레르는 동시에 특정한 주제를 다룬 미술비평문도 쓰게 되는데 그것들은 이와 같은 성격이 더 짙다. 그중 대표적인 것이 이 책에 실린 두 편의 글이다. 앞서 밝혔듯이, 이 두 편의 에세이가 길고 길었던 퇴고와 출판 과정을 거쳤다는 점, 또 제목에 공통적으로 '보편적(으로)généralement'이라는 말이 등장했거나 유지된 점은 이들 글의 철학적 성격을 미리 보여 주기도 한다. 본문 속에서 '정신성la spiritualité', '윤리la morale', '도덕성la moralité', '이상화理想化, l'idéalisation' 등의 단어가 자주 등장한다는 점도 덧붙여야겠다. 여기에서 '철학'은 학문의 한 분과가 아니라 '인간과 세계에 대한 깊이 있는 사고'를 의미한다.

　이 두 편의 에세이는 다른 한편으로는 그가 쓴 『살롱』 연작과 어느 정도 구분된다. 『살롱』이 주로 정통 미술 분야를 다루었다면 본 선집에 실린 에세이는 당대를 대변할 수 있는 특정한 장르를 다루었기 때문이다. 이미 소개했듯, 「현대 생활의 화가」는 풍속화가(풍속화)를, 「웃음의 본질에 관해……」는 캐리커처를 다루고 있는데 이 두 장르는 신문과 잡지의 폭발적 증가라는 당시의 두드러진 사회 현상 속에서 성장했다. 예술에서 시사성이 얼마만큼 중요할까? 「현대 생활의 화가」의 1장 「아름다움, 유행, 행복」에서 보들레르는 "내가 오늘 열중하고자 하는 것은" 과거의 예술, 예술가들이 아니라 "현재의 풍속을 그린 그림"이라고 분명히 밝히고 있다. 이어서 그는 "아름다움은 그 양을 측정하기가 매우 어려운, 영원하고 변치 않는 한 요소와 상대적이고 상황에 따라 변하는 또 다른 요소로 이루어져 있다."라고 말함으로써 예술의 당대성에 민감한 자신의 태도를 이해시킨다. 이 생각은 "유일하고 절대적인 아름다움"쪽에 치우쳤던 전前 시대 미美의 개념을 넘어선다. '변하는 요소'는 "시대, 유행, 윤리, 감정 등이 차례로 하나씩, 혹은 그 전체"로 구성된다. 글의 앞부분을 고려하건대 그 가운데에서도 특히 '시대'가 중요할 것이다. 「현대 생활의 화가」가 '현대성la modernité', 혹은 '근대성la modernité'에 천착하는 여러 학자들의 연구 대상이 되어 왔다는 사실이 이 점을 뒷받침한다. 요약하자면, 이 두 편의 에세이는 보편적인 인간과 세계를 바라보는 철학적 시선과 당시 사회를 바라보는 시사적인 시각을 동시에 담고 있다. 이는 보들레르의 시 작품에서 엿보이는 이중성과도 상통한다. 이 부분을 좀 더 깊게 이해하기 위해 보들레르의 시세계 전반을 살펴보자.

   작품 검토의 두 방향
   보들레르 연구자들은 대체로 『악의 꽃』의 초판본과 재판본, 혹은 운문시집인 『악의 꽃』과 산문시집인 『파리의 우울』 사이의 관계를 연구하면서 보들레르 작품 세계의 두 측면을 논하곤 한다. 1857년에 나온 『악의 꽃』의 초판본과 1861년에 나온 재판본 사이의 3년 6개월이라는 시간은 작가 보들레르에게 있어서 깊은 의미가 있다. 재판본에 새로 삽입된 '파리 풍경Tableaux parisiens'이라는 장章은 두 판본이 보여 주는 차이의 핵심을 이룬다. 풍속을 해친다는 이유로 초판본이 재판에 회부되었을 때 보들레르가 몇몇 시편의 세부에 의해서가 아니라 시집 전체에 의거해 판결이 내려져야 한다고 청원할 만큼 이 시집은 전체가 하나의 건축물을 이루고 있었다. 그렇기에, 비록 '파리 풍경'에 속하는 시편들이 모두 1857년 이후에 창작된 것은 아니라 하더라도 보들레르가 그 전에 다른 장에 속했던 시 몇 편과 새로 쓴 시를 이와 같은 제목으로 묶어 새로운 장을 구성했다는 점은 눈여겨볼 만하다. 더군다나 이 제목에 들어 있는 '파리'는 '우울과 이상', '술', '악의 꽃', '반항', '죽음' 등 시집을 구성하는 다른 장들의 제목에서 볼 수 있는 단어와는 달리 매우 구체적이고 재현적인 의미를 지니고 있다. 이 제목을 통해, 시대가 변하고 있다는, 시대와 함께 예술도 바뀌어야 한다는, 낭만주의자들이 선호했던 자연과 감정이 아니라 이제는 일상생활의 공간인 도시가 예술의 원천이 될 수 있다는 보들레르의 확신이 공표되었다. 『악의 꽃』 재판본의 '파리 풍경Tableaux parisiens'이라는 장은 '도시시'라 부를 수 있는 현대시의 한 특징적 장르의 출발점이었던 셈이다.

보들레르에게 파리는 그 자신이 수많은 체험을 한 현실의 도시를 가리키는 고유명사이자 현대사회의 다양한 모습을 품고 있는 전형적인 대도시를 뜻하는 보통명사이기도 하다. 그때 파리에서는 무슨 일이 있었던가? 프랑스는 보들레르가 살았던 19세기에 정치적인 격동기를 겪고 있었다. 프랑스 혁명(1789), 제1공화정과 나폴레옹 집권(1792~1804), 나폴레옹에 의한 제1제정(1804~1814), 왕정복고(1815~1830), 7월 혁명과 7월 왕정(1830~1848), 2월 혁명과 제2공화정(1851), 루이 나폴레옹의 쿠데타와 제2제정(1851~1870), 보불전쟁(1870), 노동자 혁명과 파리코뮌(1871), 제3공화정(1875~1944) 등 숨 가쁘게 혁명과 반혁명을 거치며 프랑스는 서서히 근·현대로 진입하고 있었다. 귀족계급의 몰락과 부르주아의 부상, 도시 인구의 급증 등 새로운 사회 현상이 뚜렷이 나타나던 시기였다. 이러한 격변의 중심에 있었던 파리는 제2제정 시기 오스만Haussemann에 의해 이루어진 대대적인 공사로 인해 이전과 확연히 다른 모습을 띠게 되었는데, 그때 정비되었던 도로와 세워졌던 건물들은 지금까지도 파리의 대표적 풍경을 이루고 있다. 풍경의 변화는 그 공간을 메운 사람들에게서 느껴지기도 했다. 엄청난 수의 인간들. 이제 지나가는 사람들은 서로가 서로를 모른다. 그들은 다만 낯선 사람들일 뿐이다. 파리는 익명의 공간, 대도시가 되었다.

'파리 풍경Tableaux parisiens'에서 읽히는 대도시 체험은 사후에 출간된 산문시집『파리의 우울―소小산문시편들Le Spleen de Paris―Petits Poèmes en Prose』에서 본격적으로 다루어진다. 비록 사후에 단행본으로 묶여 나오기는 했으나 이 시집의 기원은 1862년 발간된『악의 꽃』재판본뿐 아니라 초판본이 발간된 1857년보다도 더 거슬러 올라갈 수 있다. 시집에 실려 있는 시편들 중 두 편이 이미 1855년에 발표되었기 때문이다. 이를 시작으로 하여 '밤의 시편들Poèmes Nocturnes'이라는 제목 하에 여섯 편이 발표되었던 1857년을 거쳐 1862년에 이르면 이시집의 윤곽이 어느 정도 드러난다. 이 해에 보들레르는 '소산문시편들'이라는 제목으로『프레스La Presse』지에 스무 편의시를 세 번에 걸쳐 연작으로 발표하였다. 보들레르는 이후 여섯 편을 더 실을 계획이었으나 편집자인 아르센느 우세Arsène Houssaye와의 사이에 문제가 생겨 네 번째 연작은 간행하지 못한다. 미완성으로 남았지만 첫 번째 연작 서두에 실려 있는 우세에게 보내는 헌사 덕분에 이 해의 출간은 중요한 사건으로 기록된다. 후일『파리의 우울』의 서문으로 간행되는 이 헌사를 통해 보들레르에게 산문시라는 새로운 형식의 시가 어떤 의미를 갖는지 엿볼 수 있기 때문이다. "시적인 산문, 리듬과 운韻, la rime이 없으면서도 음악적인 산문, 유연하고 거칠어서 영혼의 서정적 움직임들과 몽상의 일렁임과 의식의 요동에 딱 들어맞는 산문"을 열망하였다고 보들레르는 쓰고 있다. 머리를 떠나지 않는 이 이상理想은 특히 "거대한 도시들을 드나들면서 그것들 사이의 무수한 관계들과 마주치면서" 생겨났다고 한다. '파리 풍경' 속의 대도시 체험은 이렇게 글쓰기 자체에 대한 고민으로까지 이어졌다. 시詩는 쉽게 간파되지 않는 도시 속 삶의 불투명함 그대로를 담아낼 흩어진 형식의 글, 산문散文을 만나게 되고『파리의 우울』로 묶여진 그 결과물은 운으로부터 자유로운 현대시에 길을 터 준다.

이처럼『악의 꽃』초판본과 재판본,『파리의 우울』의 역사는 대도시를 메우고 있는 수많은 삶 속을 파고드는 시선의 점진적인 진화를 보여 준다. 그런데 그 진화는 도시를 소재로 다루었거나 산문을 시에 도입했다는 사실만을 뜻하지는 않는다. 후기 시편들에까지 유지되었던 강력한 정신성과 윤리관, 그리고 그것이 있었기에 가능했던 시의 마술적 힘은 독자로 하여금 '현대성'이 드러나는 흐름의 반대 방향을 다시 검토하게 한다. 산문시집에서 다시 운문시집으로, 그리고 그보다 조금 더 전으로 잠시 거슬러 올라가 보자. 그리하면 실상『악의 꽃』의 초판본과 재판본, 혹은『악의 꽃』과『파리의 우울』사이의 거리만큼이나 그들 사이의 유사성에도 주목해야 함을 깨닫게 된다.『악의 꽃』초판본이 나올 무렵 재판본 '파리 풍경'에 실릴 시들 중 일부가 완성되어 있었고, 비록 대부분『악의 꽃』에 실린 운문시보다 창작 시기가 늦을지언정『파리의 우울』에 실릴 시들도『악의 꽃』재판본이 나올 무렵 이미 어느 정도 준비되어 있었다. 또한 죽기 직전까지『악의 꽃』의 시편들을 손질하였지만 초기 시편들이 대개 그대로 유지되었다는 점을 상기해야 할 것이다. 실제로, 보들레르는 삶의 말년인 1866년 편지에서 "『파리의 우울』은『악의 꽃』과 짝pendant을 이룬다."는 말을 했다. 그 며칠 후 작성된 편지에서도 "결국 (『파리의 우울』은) 또한『악의 꽃』이기도 한데 자유와 세부, 농담이 훨씬 더 많다"고 말했다. 실제로 두 시집에 실려 있는 시편들의 제목만 훑어보아도 두 시집이 대칭적이라는 점을 추측할 수 있다. 산문시집의 「저녁의 어스름

Le Crépuscule du soir」, 「머리카락 속에 반구半球를Un Hémisphère dans une chevelure」, 「시계L'Horloge」, 「여행에의 초대L'Invitation au voyage」 등이 『악의 꽃』의 시편들과 같거나 비슷한 제목을 달고 있다. 제목이 달라도 「아침의 어스름Le Crépuscule du matin」(『악의 꽃』)과 「고독La Solitude」(『파리의 우울』)이라든지 「초라한 노파들」(『악의 꽃』), 「일곱 명의 늙은이」(『악의 꽃』)와 「창문들」(『파리의 우울』), 「늙은 여인의 절망」(『파리의 우울』), 「미망인」(『파리의 우울』)이라든지 '술'의 시편들(『악의 꽃』)과 「취하십시오」(『파리의 우울』) 등 여러 시편들이 겹쳐져 읽힌다. 한마디로 독자는 『악의 꽃』과 『파리의 우울』에서 공히 보들레르의 '악의 꽃'의 미학, 즉 '악' 속에서 '꽃'을 길러내는 시인의 정신적 힘을 느낄 수 있다.

「현대 생활의 화가」와 「웃음의 본질에 관해……」

두 편의 에세이를 앞서 말한 두 가지 방향과 연결시켜 보자. 「현대 생활의 화가」가 '파리 풍경'에서 『파리의 우울』로 이어지는 연장선상에 있다면 「웃음의 본질에 관해……」는 '파리 풍경' 이전의 『악의 꽃』으로 거슬러 올라가는 지점에 위치한다. 전자가 보들레르 미학의 두 측면인 현대성과 정신성을 화려하게 펼쳐 보인다면, 후자는 그 미학의 씨앗을 품고 있다고 할 수 있다.

우선, 「현대 생활의 화가」를 살펴보자. 「현대 생활의 화가」의 3장 「예술가, 세계인, 군중 속의 남자, 아이」는 '파리 풍경'에 속해 있는 「지나가는 여인에게À une passante」와 『파리의 우울』의 「군중Les Foules」과 겹쳐진다. 『악의 꽃』과 『파리의 우울』이 운문시와 산문시라는 쌍을 탄생시켰다면, 산문적인 시 『파리의 우울』에 대해 미술비평문인 「현대 생활의 화가」는 시적인 산문으로 짝을 이룬다고 하겠다. 앞서 인용했던 산문시집 서문에 보들레르가 산문시를 시도하게 된 배경을 조금 더 구체적으로 밝히는 부분이 나온다. 베르트랑Bertrand의 『밤의 가스파르Gaspard de la Nuit』를 스무 번 이상 읽으면서 베르트랑이 글의 새로운 형식을 "예전의 생활을 그린 그림la peinture de la vie ancienne"에 적용시켰듯 자신도 이전 시대의 생활이 아니라 "현대 생활, 아니 보다 정확히 말해 현대적이고 더 모호한 어떤 생활"을 묘사하는 데에 적절히 사용할 어떤 것을 시도해 보고자 하는 생각이 들었다는 것이다. 그러니 그로서는 그런 소망을 실현한 풍속화가를 '현대 생활의 화가'라 부를 만하다. 게다가 장르만을 지칭하는 '소산문시편들'

을 버리고 '파리의 우울'에 이르는 과정에서 생각해 낸 제목들이 '미광과 연기La Lueur et la Fumée', '고독한 산책가Le Promeneur solitaire', '파리의 부랑자Le Rôdeur parisien'였다는 점을 생각해 볼 때 『파리의 우울』과 「현대 생활의 화가」 사이의 긴밀한 관계를 짐작하기는 어렵지 않다. 2장 「풍속의 크로키」에서 보들레르가 풍속화가를 관찰자, 산책가, 철학자 등으로 부르고 있기 때문이다. 특히 3장 「예술가, 세계인, 군중 속의 남자, 아이」에서 본격적으로 등장하는 G 씨, 콩스탕텡 기스는 산책가인 풍속화가를 생생하게 체현하고 있다. 그뿐이 아니다. '예술가'가 아니라 '세계인'이며 자신의 집을 떠나 군중 속을 거닐며 어디든 자신의 거처로 여기는 G 씨는 보들레르 자신이기도 하다. "군중과 결혼하는 것"을 취미와 일로 삼고 "'나 아닌 것'을 끝없이 열망하는 '나'"를 따라 "늘상 불안정하고 덧없는 삶 그 자체보다 훨씬 더 생생한 이미지들 속으로" 이끌려 들어가는 모습은 보들레르의 자화상이다. 그는 『벌거벗은 내 마음』에서 "'나'Moi의 분사噴射, vaporisation와 응집centralisation, 모든 것이 거기에 있다."고 썼다. 그의 3대 '등대'인 들라크르와Delacroix, 포우Poe, 바그너Wagner 속에 이미 그 자신이 있었듯이 그는 분사되어 G 씨 안으로 들어갔던 것이다.

독자는 G 씨에 관한 글을 읽으면서 보들레르의 모습을 그려볼 수 있다. G 씨가 '철학자'이며 '순수 모럴리스트'인 것처럼 보들레르도 철학자이자 순수 모럴리스트이다. G 씨처럼 보들레르도 "대도시 생활의 영원한 아름다움과 놀라운 하모니에 감탄"하며 '파리 풍경'과 『파리의 우울』를 완성했을 것이다. 그런데 이 작업 속에서 눈에 보이는 현실은 단순한 묘사를 통해 작품으로 탄생하지 않는다. 외부세계는 "자연적인 것보다 더 자연스럽고 아름다운 것보다 더 아름답"게, "자연으로부터 환상이 추출"되는 과정, 즉 '이상화'를 거친다. 그리하여 작품은 4장 「현대성」에 나오는 표현을 빌리자면 "유행이 지니고 있는 어떤 시詩적인 것을 추출하고, 변하는 것에서 영원한 것을 이끌어 내는" 작업을 통해 만들어지는데, 이는 보이지 않아도 분명 "실재하는 삶의 환상"을 흡수하는 예술가에 의해서만 가능한 일이다. 5장 「기억술」에 따르면, "어떤 대상의 절정들이나 빛나는 지점들을" 포착하여 자연이나 모델을 따르지 않고 기억으로 작업하는 이런 예술가는 그 자신의 체험처럼 감상자의 기억에 생생한 기억을 남기기 위해 과장을 섞기까지 한다. 이런 과정에서 읽을 수 있는 '자연 모방'에의 거부는 11장 「화장 예찬」에서 본격적으로 드러난다.

10장 「여자」에서 "여자를 장식하는 모든 것, 여성의 아름다움을 보여 주는 데 사용되는 모든 것은 여자의 일부분"이라고 쓴 보들레르는 「화장 예찬」에 이르러 '자연la nature'이나 '본성la nature'에 대비되는 '인공人工, l'artificiel'과 '인위'와 '계산'과 '몸치장'을 정신적인 차원까지 끌어올린다. 그에 따르면 "아름답고 고상한 모든 것은 이성la raison과 계산le calcul의 결과물이다. (……) 범죄는 근원적으로 자연스러운originellement naturel 것이다. 반대로, 덕성이란 인위적이며artificielle 초자연적surnaturelle(이다). (……) 숙명적으로 악惡은 자연스럽게 naturellement 노력 없이도 이루어지고 선善은 언제나 어떤 인위un art의 산물인 것이다." 윤리적인 차원의 문제를 아름다움의 영역에도 그대로 적용시킬 수 있는데, 그렇게 하면 몸치장은 "인간 영혼의 태생적 고귀함의 표시"로 승화된다. 이어 보들레르는 구체적인 예를 들면서 "화장이 지니는 고도의 정신성"을 설파하는데 여기에서 독자는 끊임없이 자연을 변형하고 변혁하는 '인공의 미학', 초자연주의le surnaturalisme의 영향력과 늘 현상 너머를 응시하는 보들레르의 철학자적 면모를 실감할 것이다.

　　화려한 겉모습 너머의 정신성을 간파하는 시인의 눈은 9장

「댄디」에서도 느껴진다. '댄디'가 일반인으로부터 구별되는 것은 "몸치장과 물질적 우아함에 대한 무절제한 관심"이 아니라 '기품la distinction'과 개성을 향한 욕구라는 점을 지적하며 보들레르는 댄디를 "인간 자부심들 가운데 보다 나은 것의 대변자, 저속함과 싸워 없애려는 (……) 욕구의 대변자"라 부른다. 이런 맥락에서 보면 '댄디즘'은 이제 곧 사라질 귀족계급을 대신할 새로운 귀족계급이며 "영웅주의의 마지막 불꽃"이자 "희한한 정신주의"이다. 특별히 인용하지 않은 6장 「전쟁의 연대기」, 7장 「화려한 의식과 성대한 축제」, 8장 「군인」, 12장 「여인들과 창녀들」, 13장 「마차」에서도 독자가 공통적으로 읽을 수 있는 바는 눈을 즐겁게 하는 아름다움 뒤에 어떤 정신적인 유래가 있는지를 밝히는 보들레르의 정교한 관찰과 섬세한 이해력이다.

둘째 에세이 「웃음의 본질에 관해……」에서는 『악의 꽃』을 비롯하여 장차 보들레르 작품 전반을 채색할 보들레르 미학의 이중성과 그 기원이 두드러져 보인다. 「현대 생활의 화가」의 3장 「예술가, 세계인, 군중 속 인간, 아이」를 통해 보들레르 이전에 포우가 있었음을 알게 된 독자는 「웃음의 본질에 관해……」에서 라블레Rabelais, 몰리에르Molière 등의 프랑스 희극 작가들을 만나게 된다. 이 작가들은 이 글에 등장하는 멜모트Melmoth가 얼굴을 미묘하게 일그러뜨리며 웃음을 터뜨리듯 독자에게 몽롱한 전율과 도덕적 자각을 체험하게 하였다. 웃음에는 이처럼 두 가지 의미가 담겨 있는데, 왜냐하면 인간의 웃음이 "동물들에 비해서는 무한한 위대함의 표시인 동시에 (……) '절대 존재'에 비해서는 무한한 비천함의 표시"이기 때문이다. 다시 말해, 웃음은 타인에 대한 자기 자신의 우월감에서 비롯되기 때문에 '우월하다'는 사실과 '그 우월감을 느낀다'는 사실을 동시에 입증하는 징후이다. 동물에 비해 인간이 우월한 것이 사실이고 그 우월감을 즐긴다는 점에서 인간이 절대 선善인 절대자에는 또 못 미치는 것도 사실이다. 이것을 국가의 차원으로 확장시키면, "여러 국가들이 (……) 절대적 순화에 도달하기 전에는 그 국가 내에서 우월성이 증가함에 따라 코미디의 소재들이 늘어나리라 생각하는 것은 당연하다. (……) 그런 식으로, 천사 같은 요소와 악마적인 요소가 동시에 작동한다."는 얘기도 가능하다. 이는 신문과 잡지의 발달로 캐리커처가 활발하게 제작되었던 당시 풍조에 대한 보들레르 식 해석이다. 그는 지능과 문명이라는 선善의 이면을 놓치지 않았던 것이다. 그런데 이 웃음의 양면성은 인간의 양면성에서 비롯된다. 보들레르는 『벌거벗은 내 마음』에서 "모든 인간에게는 언제나 두 가지 청원postulations이 있다. 하나는 신을 향한 것, 다른 하나는 사탄을 향한 것"이라고 썼다. 웃음은 이와 같은 인간의 모순된 본성에서 나온다. 그리고 이 생각은 후일 「현대 생활의 화가」의 1장 「아름다움, 유행, 행복」에서 "(영원한 것과 순간적인 것의 결합인) 예술의 이원성은 인간의 이원성의 필연적인 결과"라는 선언으로 발전한다.

전율과 자각을 동시에 느끼게 하는 코미디가 있는가 하면 즉발적인 웃음을 유발하는 '절대 코미디'도 있는데, 보들레르는 프랑스 희극 작가들과 달리 이런 종류의 코미디에서 재능을 떨쳤던 호프만Hoffmann을 비중 있게 다룬다. 이어 소개된 '절대 코미디' 공연물에서 놓치지 말아야 할 것은 요정의 마법에 의해 별안간 무대 위를 감도는 '취기醉氣, le vertige'이다. 비록 '상대적인 절대'이기는 해도 이 마법은 절대를 열망하는 연금술사의 기술과도 같다. 자신을 "완벽한 화학자이자 신성한 영혼"으로 자각한 보들레르는 '파리 풍경'의 「가엾은 노파들」에서 "그곳에서는 모든 것이, 공포조차도 매혹으로 바뀌네"라고 읊고 『악의 꽃』 재판본 에필로그용으로 썼던 시편 마지막 행에서 파리를 향해 "너는 내게 진흙을 주었고 난 그것으로 황금을 만들었다"고 외쳤다.

그런데 보들레르가 호프만에 대해 경탄한 것은 그가 앞서 얘기한 코미디와 절대 코미디를 적절히 뒤섞었기 때문이다. 초자연적인 것을 향하되 가장 덧없는 것조차도 도덕적인 의미를 지닌다는 호프만 작품의 특징은 독자들이 보들레르 작품에서 발견하는 특징과 같다. 보들레르는 "코미디가 존재하는 곳은 특히 웃는 자, 관객의 내면"이며 "코미디의 본질은 자기 자신이 절대 코미디인 줄 모르는 듯이 보이는 것"이라고 지적한다. 즉, 관객을 웃기는 피에로는 바보가 아니면서 동시에 바보처럼 보여야 웃음을 줄 수 있다. 이를 두고 보들레르는 "인간 존재 속에 지속적으로 이중적인 삶이 있음을, 자신이면서 동시에 다른 사람이 될 수 있는 힘이 있음을 보여 주는 모든 예술적 현상들과 같은 종류"라고 평가한다. 이어서 그는 "예술가는 이중적일 때에만, 자신의 이중적 본성 중에 어느 것 하나에도 무지하지 않을 때에만 예술가"라고 덧붙인다. 자신이면서 타인이 될 수 있는 힘은 앞서 언급한 '자아의 분사와 응집', 나아가 '군중과의 결혼'을 가능케 하면서 아이러니를 작동시킨다. 보들레르 자신도 『퓌제』에서 "문학의 근본적인 두 특성은 초자연주의와 아이러니"라고 선언하였다. 독자는 보들레르의 글에서 바라보는 이와 보이는 이가 때로는 만나고 때로는 헤어지는 것을 볼 것이며, 그런 움직임으로부터 웃음과 성찰을 함께 얻을 것이다.

놀라움을 주는 독서와 세상 읽기

보들레르의 글은 타인을 놀라게 하지만 스스로는 놀라지 않는 댄디를 닮았다. 그의 글 속에는 도시를 가로지르는 거리에서 그가 날마다 마주쳤던 '미지의 것l'inconnu'이 들어 있고 그것을 만나는 독자는 산문시집 서문에 나온 표현대로 '의식의 요동'을 느끼게 될 것이다. '댄디', '화장', '자연', '군중', '야만', '여자', '회복기 환자' 등 특이하고 평범한 다채로운 개념들이 제각기 선입견을 깨고 읽는 이의 의식 속에 편입된다. 더군다나 각각의 단어들은 자신을 감싸고 있는 맥락에 따라 그 색채가 달라진다. 때때로 서로 다른 색채의 단어들이 병치되기도 한다. 특히 연속적으로 나열된 두 개 이상의 형용사들이 그런 경우가 많다. 하나의 문단은 일면이고 통일된 메시지를 전하지 않는다. 한 문단을 이루는 문장들은 나란히 앞뒤에 놓여 있는 것들끼리도 서로 다른 어조를 띠고 서로 다른 방향을 가리키기도 한다. 그 단어들 사이, 문장들 사이의 밀고 당기는 힘을 느낄 수 있다면 더 흥미롭게 글을 읽어나갈 수 있을 것이다. 그렇게 되면 독서는 상당히 느리게 진행되거나 반복적으로 이루어지거나 뒤쪽 페이지에서 이미 읽은 앞쪽 페이지로 갔다가 다시 뒤쪽 페이지로 가는 등 다양한 방향을 타게 된다.

순간순간 환경이 바뀌는 독서의 체험은 대도시 생활의 체험과 비슷하다. 그리고 새로움을 향한 적극적인 독서는 바로 덧없는 것에서 영원한 것을 읽어냈던 G 씨나 보들레르의 행위에서 멀지 않다. 이와 같은 체험을 통해 독자는 여전히 모호하고 정체 모를 일상을 살면서도 빠르게 지나가는 미지와의 만남에서 영원을 느끼는 경험을 할 수 있지 않을까? 축적된 그 경험으로 독자는 우리가 살고 있는 시대의 특징적 풍경을 가려내고 그 고유한 감수성과 정신을 탐색하는 모험을 감행하게 되지 않을까?

그런 소망에서, 한편으로는 원문의 모호함이 살아나도록, 다른 한편으로는 한국어 문장에서 다소 생경한 느낌이 나도록 하는 방향으로 번역을 했다. 이 말로 번역의 서투름을 숨기고자 하는 것은 아니다. 역자의 능력 부족으로 어색해진 부분은 널리 독자들께 용서를 구한다. 읽기 쉽지 않은 원고를 흥미롭고 호감 가는 책으로 만들어 준 평사리 출판사에 감사한다. 관심을 갖고 이 작업을 지켜본 가족에게도 고마움을 전한다.

역자가 제시한 해설은 수많은 독서의 한 예일 뿐이다. 그동안 「현대 생활의 화가」에 비해 「웃음의 본질에 관해……」는 그다지 관심을 받지 못했는데, 본 선집을 통해 두 편의 에세이 각각과 함께 전체에 대한 새롭고도 흥미로운 독서가 활발히 이루어지기를 기대한다. 또한 보들레르의 다른 작품들도 함께 읽혀지기를 바란다.

콩스탕텡 기스의 생애

Constantin Guys, 1802~1892

콩스탕텡 기스는 런던과 파리를 중심으로 활동한 19세기 풍속화가다. 그는 1842년부터 1860년까지『런던화보뉴스』의 리포터로 영국 각지와 유럽의 여러 지역을 누비며 정치, 사회, 사교계의 생생한 현장을 데생에 담았다. 1860년 이후 주로 파리에서 지내며 나다, 고티에, 마네, 보들레르, 샹플러리, 모네 등과 교류하였으며 이들에게 많은 작품을 넘겼다. 궁정 행사, 경마 경기, 이국적 축제 등과 함께 민중들의 생활, 전쟁, 매춘 등 당대 사회의 면면을 빠짐없이 증언했던 그는 정작 자기 자신에 대해서는 거의 흔적을 남기지 않았다. 보들레르의『현대 생활의 화가』는 혁신적 예술가인 그에게 바치는 헌사일 뿐 아니라 그에 관한 귀중한 증언이기도 하다.